卓《たく》さんの文《ぶん》人《じん》楽《がく》

芥川賞を蹴った男

竹内　勝巳

栄光出版社

卓さんの文人楽　目次

三章・芥川賞辞退

四章・学徒兵と白紙召集

七章・『文人楽』の本懐

まえがき

『文人楽《ぶんじんがく》』とは耳馴れない言葉ですが、これは本書の主人公高木卓《たく》（本名・安藤熙《ひろし》）さんの命名によるものです。その由来は、俗に文人の手すさびによる画を「文人画」と呼ぶのにならって、文人の創った音楽という意を込めたものという。しかし、卓さんは「伊達や酔興で創ったものではない」と、きっぱり趣味を超えたものと、明言しています。

こうして創りあげた自詞・自曲のオペラ台本『神代《かみよ》ものがたり』は、ピアノ譜で一五〇余ページ、演奏は三時間半に及ぶという。

『神代ものがたり』は、卓さんが東大独文科の卒業期に、友人と立ち上げた同人誌『制作』に発表したオペラ台本「神々の顛落」を核としている。ということは、「神代ものがたり」完成まで、およそ四十年もかかったことになる。なんと歩みの鈍《のろ》いことか。

しかしこの間に、芥川賞を辞退して文壇を騒がせたり、教え子を特攻隊の英霊として迎えなければならなかったりと、時局の奔流の中で学者と作家の二足の草鞋を履き続けてきた。

また、自ら五線紙病と診断する作曲熱が、再び燃え上がったのは、東大教授を定年退官する頃からで、その後独協大学へ移ってからは本格的になった。書斎だけでなく、散歩道でも通勤の車中でも、また晩酌のホロ酔いの中でも、オタマジャクシを追い求めるようになる。こんな趣味を超える楽しさと厳しさを推進力として、『文人楽・神代ものがたり』は完成したのであった。

足の鈍い男が、ここにもいる。

私が「芥川賞の周辺——高木卓論」というささやかな論文を、横浜の某高校の論叢誌に発表したのは、一九七一〜七四年にかけてである。この執筆を機に卓さんの知遇をえて、心の師と仰いだ。『神代ものがたり』の贈呈をうけ、お礼を申し上げて間もなく、師は脳血栓のために不帰の客となられてしまったのです。

師の『文人楽』を世に紹介したいと思いながら、気が付けば四十余年が過ぎていた。

芥川賞も一五九回になる。その発表の度に、受賞を辞退した卓さんの横顔が強く浮かんでくる。それに引き換え、『文人楽』の舞台はなかなか幕が上がらない。黙っていては「幻の名曲」などと、偲ばれてしまうかもしれない。埃は払わねばならぬ。

あの日、トゥーランドットがリンクに華やかに響いたように、この『神代ものがたり』や卓さん物語が、時に読書の愉《たの》しみの一助になれば幸いです。

序の章・卓さんの文人楽《ぶんじんがく》

1、「文人楽」の産声

卓さんは五線譜の最後の一小節にスラーをかけて、静かにペンをおいた。積み重ねてきた幾千幾万のオタマジャクシが、一斉に呼吸を揃えたようだ。重厚なテノールに民衆の喜びの合唱が重なって聞こえてくる。――出雲よ、山のさち、海のさち、八雲立つおとめのさちも……。緞帳《どんちょう》の前でオオクニヌシ夫妻が、手を振って民衆との別れに応える場面が鮮明に目に浮かぶ。

卓さん念願の舞台がいま静かに幕を上げようとしていた。

「おふくろさん、ようやく完結にこぎつけましたよ」

積んで積んで積み上げた天守閣の石垣に、最後の楔石を打ち込んだ棟領のように、卓さんは自己診断の「五線紙病」の完成に感動していた。

徹夜の熱気をさまそうと書斎の窓を開ける。

一九七二年（昭和・47）一月十八日はまだあけやらず、大寒の月が敷き石を白く浮かせている。庭全体が変に明るいのは、珍しく霜が降りたせいだった。
——丹那トンネルは完成までに十六年、難工事の末に秘境を拓いた黒四ダムは約七年、なのに私の文人楽『神代《かみよ》ものがたり』は四十年か。——それにしても、よくやり通したものだ。
卓さんは庭に出た。生まれたての曙光が柔らかい。正月というのにもう梅の芽が春を含んでいる。大地の若芽のような霜柱を踏んで書斎へ戻ろうとすると、自分の影法師が長々と靴脱ぎ石まで伸びていた。思いがけない光景だった。太陽にばかり向き合ってきた卓さんは、初めて自分の影法師に対面し、思わず手を差し伸べた。

書斎の机の回りは五線紙のメモが散乱していた。多くは勤務する独協大学への通勤の車中で、膝の上で書かれた一小節の楽譜たちだった。クライマックスに近づいたあの頃は、曲想が溢れるように浮かんだ。前のオタマジャクシが次のオタマを誘い出してくる何とも言えない快感は、体験した者だけが味わえる醍醐味だった。彼女たちは、フィナーレの民衆の大合唱を、混雑している車中でも歌ってくれた。

♪——天に舞い、空を飛び、天に舞い、空を飛ぶ神々の守る国、出雲の国よ、出雲よ。

口ずさみながら、卓さんは祝いの膳を整える。といっても、晩酌で手慣れているウイスキーの梅割りと、肴はチーズ、カシューナッツ、それに胡坐膳《あぐらぜん》に似合う好物の酢漬けラッキョウがあれば足りる。この二、三杯が日頃の健康法でもあった。

今朝はグラスを二つ並べた。カチンと誰かとグラスを合わせたい。

おっと！「明日をお楽しみに……」と、妻と娘が寝しなに言った謎めいた言葉を思い出した。「そういえば、今日は、おれの六十五歳の誕生日だったナ」

卓さんは広げたままにしておいた譜面の最後に、しっかりと記した。

〈1972年（昭和・47）1月18日完〉同じくドイツ語も添えた。

ソファーに戻った卓さんは「まずは延伯母さんに！」とルンルンとグラスを鳴らす。

さて、「卓さん」と親しく呼びかけてこの物語を始めたが、実は作家高木卓は、東大教授でドイツ文学者の安藤熙《ひろし》のペンネームである。

熙は一九〇七年（明治・40）一月十八日、父安藤勝一郎、母幸の長男として東京市本郷町に生まれた。暁星小学校、東京高師付属中学校、一高、東大独文科へと、いわゆるエリートコースを進んだ。先走って興味を半減させる心配があるが、あえて言えば、第十一回芥川賞（１９４０・上）を辞退して、ジャーナリズムが「芥川賞辞退事件」と騒いだ渦中の主人公である。以来、今日の一五九回までの芥川賞史の中で、唯一の辞退者として記憶されている。

2、芸術院三兄妹《きょうだい》

叱られ叱られ鍵盤を叩いたのは、五歳のころだったな。

バイオリニストの母が、長男に賭けた音楽的教養は当然のごとくバイオリンだった。しかしどうしたことか、息子はバイオリンに馴染めなかった。

母は自身の子供のころを思い出してみる――。

「この子の手相はバイオリンを弾く手だ」と、東京音楽学校の外人教師ルドルフ・ディートリッヒに見こまれて、十歳の時からバイオリンを習い始めたものだ。息子もきっとそうだろうと、手相の合いそうなピアノを姉の延に頼んだのは、母として賢明な選択だったようだ。おかげで、四十年もかかったとはいえ、ここに独力で『神代ものがたり』のオペラ曲が完成できたのである。

延は、東京音楽学校で外国人講師ルドルフ・ディートリッヒに師事し、将来を託された愛弟子であった。明治二十二年（１８８９）第一回文部省音楽留学生として、六年間アメリカ、ドイツに留学し、帰朝するや母校の教授に就いた、一流のピアニストであり作曲家である。それだけに、延は他の弟子以上に厳しく甥の卓さんを指導した。和音一つにしても、和声の理論、つまり作曲法のありかたまで教えこむ熱のいれようであった。

「――坊ちゃま、お上手になられましたね」とお弟子さんたちにお愛想を言われて、くすぐったいながら、卓坊やは自信らしいものも感じていた。が、いつしかレッスン通いは遠のいていった。というのも、入学した暁星小学校の成績を優先させられたためでもあったが、本当は子のない伯母が「養子に欲しがっている」という噂を、半ば本気にしたためであった。

あの延伯母の厳しい稽古がなかったら、この『神代ものがたり』は生まれなかっただろう。伯母は一九三七年（昭和１２）洋楽普及に努めた功績によって、女性で初めて芸術院会員に推された。陰で「上野の女帝」などと呼ばれていた延にふさわしい処遇であった。

ちなみに、この時、長兄露伴も共に芸術院会員となり、さらに五年後には、母幸も芸術院会員となった。幸はこの時母校の東京音楽学校の教授で、人材育成の功によってである。世間では幸田兄妹を畏敬をこめ「芸術院三兄妹」と呼んで祝福した。

この芸術院三兄妹を含め、幸田家は六男二女の子宝であった。二男の成忠はある事情で郡司姓を名乗っているが、彼は海軍大学校を卒業したれっきとした職業軍人で、大尉で退役するや「報效義会」を結成し、北千島の探検と開拓を志した。彼の本領は、北方領土の防衛にあったことはいうまでもない。しかし、この国家的プロジェクトともよべる大事業は、志半ばで撤退せざるを得なかった。だが、彼らの偉業は最北端の占守《しゅむしゅ》島に建立された「永鎮北《えいちんほく》陲《すい》」の碑によって歴史に語られている。なお追記すれば、終戦時の悲惨な状況は作家浅田次郎が、『終らざる夏』に克明に遺している。

卓さんは赤坂紀尾井町の延伯母の家で顔を合わせる度に、四十歳も年のちがう成忠伯父の、古武士のような風貌に憧れを感じた。

「男は、こうと決めたらヤラネバナラヌ」が口癖だった。それに「信念が大事じゃ」と必ず付け加えていた。

卓さんはいつの日にか、「郡司大尉」の姿を伝えたいと思った。

この思いは意外な奇縁で実現することになる。

時局がらというべきか、一億総動員が国策となった一九四三年（昭和18）の一月、「朝日新聞」の依頼によって、「郡司成忠大尉」の連載が始まった。一月二十四日から二月二十日まで、全二十回の短い期間であるが、海軍所蔵の資料をもとに郡司大尉の業績を伝えたのである。そして四月には生活社から日本叢書の一冊として上梓された。

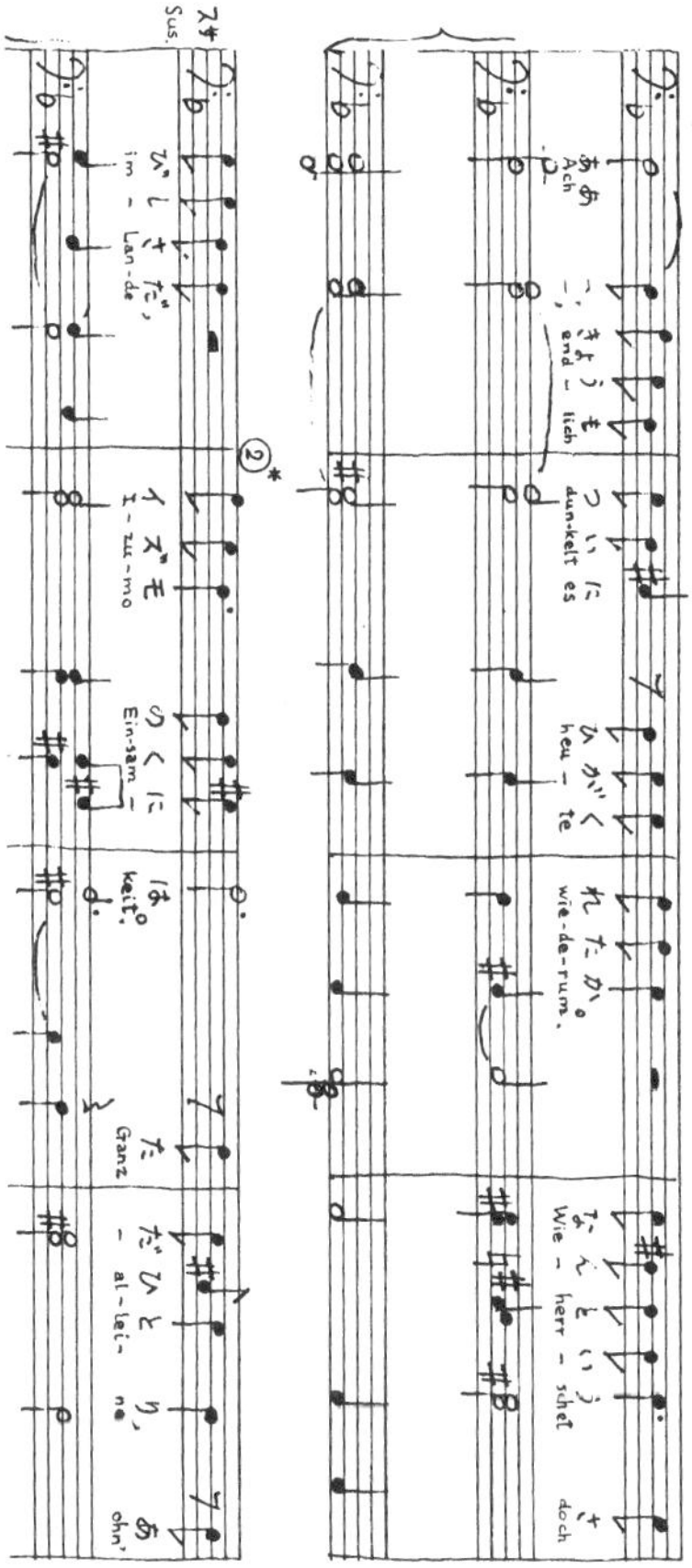

卓さんはほろ酔いで、出来たての『神代ものがたり』第一幕の冒頭をドイツ語で口ずさむ。上々だ！　母も伯母もドイツ語は日本語同様に堪能だった。ドイツ留学の余禄などではなく、

楽曲を通して二カ国語を母語としていたのである。

父勝一郎は英文学者だったが、卓さんは母や伯母の影響でドイツ語の道を選んだようだ。学生時代には、十八世紀のドイツの特異な偉人ホフマンに魅せられて、代表作である『牡猫ムルの人生観』を翻訳したりしたが、気が付けばドイツ音楽の世界に浸っていた。いきおい東大の卒論は「思想家・芸術家・人間としてのリヒャルト・ワーグナーの発展過程」となった。なんとも大風呂敷だったが、それから三十四年たった東京大学教授の退官記念ともいえる出版が、大音楽家シリーズの一冊『評伝・ワーグナー』(音楽之友社)であってみれば、お見事!と言うしかない。

後年、交換教授としてドイツに滞在中、バイロイトの祝祭劇場や街中を歩き回って、ワーグナー芸術の雰囲気にひたった。師と仰ぐワーグナーの多くの作品を翻訳しながら、名詞・名曲の一節でも盗みたいと思った。どうしても超えることが至難であれば、回り道しても師に続けばいい。この回り道をかりそめにも「道楽」などと軽んじてはならぬ。

世に「文人画」と呼ばれて賛が寄せられるものがある。私は師に続く回り道を「文人楽」と呼んで誇りにしたい。今朝がたまで綴ってきたオタマジャクシたちは、アンコールの拍手があればきっと泣くだろう。乾杯だ! この自詞自曲のオペラ『神代ものがたり』は、私の

「文人楽」の集大成なのだ。

3、滝廉太郎の絶唱

ここに滝さんが加われば申し分ないのに――いまでも母はレッスンの終曲を『荒城の月』にきめている。ともにドイツに留学し、道半ばで夭折した滝廉太郎の代表曲だ。母が弾けばピアノよりバイオリンがふさわしい。

母は滝廉太郎の恋人だった、(といえば、母を冒涜することになるだろうか?)後年、母の友人から聞いた噂話である。そういえば母はキャップが回転する、古風で小さなガラス瓶を生涯大切にしていた。――留学記念の香水瓶よ、と言っていたが、それが噂話を真実らしく愛らしくしていた。

滝廉太郎は十五歳で大分県から上京し、東京音楽学校へ入学した。幸田幸や由比くめたちの二級下であった。父親の仕事の関係で地方育ちだが、れっきとした江戸っ子である。和声学、対位法などの作曲理論を一気にマスターするなど、仲間から天才と呼ばれていた。

卒業生たちは音楽教育普及のために、全国の師範学校などへ赴任していったが、将来の指導者と見こまれた者は、研究生として後輩指導のために母校に残された。幸も廉太郎も研究生、つまり授業助手としてさらなる研鑽を続けることになった。

東京音楽学校は外国人教師の影響もあってか、洋風をいち早く取り入れてきた。男子の野球に対して女子むけにはテニスである。

このテニスは、一八七八年横浜の居留地山手公園にコートを設置した「レディーズ・ローンテニス・アンド・クロケットクラブ」が初めとされる。いわば居留地婦人のレクリェーション程度だったが、またたく間に男子も参加するスポーツに発展していった。つまり、男女ともに楽しめる新しいスポーツとして人気が高まったのである。

東京音楽学校の校庭にも、白線をひいた簡単なコートが作られ、練習が始まった。男子部・女子部という古くさい垣根は無造作に取り払われ、男女のペアが遠慮なくゲームを楽しむようになった。スポーツの見事な調和であった。

夏のその日、幸はサンバイザーの下に汗をにじませながら、廉太郎のボールを追っていた。ボールは弾んで、ラリーがつづいた。

「うまくなったな」と廉太郎が褒める。「ええ」と幸は汗をぬぐう。

しばらく休んで二人はまた練習を始めた。リズムが合って来たので廉太郎は力一杯ラケットを振った。その剛球に押されて、幸はアッと息をつめたままコートに倒れた。廉太郎が駆け寄る、ラケットを握った肘から血が流れていた。廉太郎は傷に唇を当てて砂と血を吸いとった。かすり傷だった。幸は初めて異性の汗を嗅いだ。

老齢になった母が「ドイツに留学する時、廉太郎さんがお餞別に下さったものよ」と、古風な香水瓶を大切にしているのを知っている。母十九歳、その人十八歳。そのまま時間が停止する。微笑ましい時代だった。

春高楼の花の宴　めぐる盃影さして
千代の松が枝わけいでし　むかしの光いまいずこ

廉太郎が幸に捧げた絶唱である。

霜の朝はすっかり明けた。電車の音が日常を呼び戻して響いてくる。四十年ぶりの清々しい気分だ。大仕事を終えたというより、むしろこれからの人生が若々しくあるような感じだ。

「おれも芥川賞候補になったので、お前と肩を並べられるよ」とはにかんだ盟友三やんこと豊田三郎はもういない。そして、この文人楽『神代ものがたり』の発想の原点である『老いたるスサノオ』の芥川龍之介はもちろんいない。なにより、「文壇をなめるな」と一喝して私を奮い立たせた大御所菊池寛も——みんなに感謝したい。

このスコアが完成本になったら、母の眠る生田の春秋苑を訪れよう。さらに池上本門寺の幸田家の墓所にも詣でたい。そこには弟子たちによって建立された延伯母の記念碑がある。

記念碑は楽譜の見開き形で、左ページは伯母の作曲した奉賛歌『天』の譜面、右ページは母の揮毫した歌詞。ここに『神代ものがたり』のスコアを重ねて、共鳴する血縁の和音を聴いてみたい。

一章・動く書斎

1、東京・水戸間の列車書斎

卓さんは常磐線の三等席を「動く書斎」と呼んでいる。運よく進行方向に向いた二座席分がとれれば、こんな上等な書斎はない。今日はちらほら立っている人がいる状況からすれば、窓側の一座席書斎は上々といえよう。

一九三四年に水戸高等学校教授として赴任して以来、東京・水戸間のおよそ二時間の動く書斎では、ちょっとした旅行気分も楽しめる。月に一回のわりで下宿から東京へ帰る旅は、いつでものんびりした帰省気分だ。

列車は日暮里駅から本線と分岐すると、急に常磐線らしい揺れ方になるから面白い。仙台行きはもう荒川を渡っていた。卓さんは相席の若いご婦人に軽く会釈して、書斎の仕事に入ろうと鞄から雑誌を取りだした。乗る前に日本橋の「丸善」で、専門書と一緒に買ってきた『新潮』十二月号である。

水戸には丸善に匹敵するような書店は無いし、「丸善」は大学所在地にしか支店を置いていない。
そういえば、梶井基次郎の処女作にして出世作の「檸檬《れもん》」も、京都丸善が舞台だった。京都丸善の、重厚でやや陰鬱な売り場に、意味ありげに置かれたレモンをありありと想像できた。卓さんは京都大学教授の父を訪ねて行くたびに、京都丸善に寄っていたのである。

私が一高に入った時、たしか梶井さんは三高から東大へ入学していた、と卓さんは回想する。三高時代に、すでに肺を冒されていた梶井さんが、彷徨と執筆のバランスを保とうともがいていた心根を思うと暗澹とする。――作中では、画集を積み重ねて、その上にレモンを置いて外に出る――あれが恐ろしい爆弾であったらと空想する主人公――。

作者が空想した世界を、読者がそのまま空想する。こんなダマシ絵みたいな魅力があの作品にはあった。繊細な感覚表現が梶井基次郎の真骨頂だった。卓さんは丸善に寄る度に梶井先輩を偲んでいた。

列車の振動に合わせるようにして、卓さんはまず小説欄を開く。最近とみに小説に興味が高まっていた。独文科の同級生、三やんこと豊田三郎に誘われて同人誌に加わり、小説修業を始めていたのである。

パラパラとめくった小説欄は、太宰治の「地球図」だった。その冒頭数行を読んで、卓さんは気絶するほど震えた。実際、隣席のご婦人が驚いて、戸惑った視線を向けたほどである。卓さんは心中うめいた。冒頭はこうである。

「――ヨワン榎は伴天連ヨワン・バッティスタ・シロオテの墓標である。切支丹屋敷の裏門をくぐってすぐ右手にそれはあった。いまから二百年ほどむかしに、シロオテはこの切支丹屋敷の牢のなかで死んだ」

ヨワン・バッティスタ・シロオテとは、私が先月書き上げた作品「獄門片影」の主人公ではないか。私はジョアン・バブチスト・シドッチと書いている。

卓さんは平静になろうと、隣席のご婦人にしどろもどろなお詫びをした。

2、キリシタン屋敷の鉢合わせ

卓さんは「地球図」を書斎が二駅も過ぎないうちに読み終えた。僅か十ページほどの短篇である。

「素材のおいしいところだけ掬いとって、うまくまとめたもんだな」と太宰の小説化の手の内に感嘆した。

大通辞さえしどろもどろなロオマン人の訊問に、新井白石が急所・要所を衝いて取り調べを進める様子が、息をのむ見事さで展開していく。囚人がコンパス一つで世界地図を読み解く見事さ。自分の影の丈から時刻を計算する科学的思考。いうまでもなく、西洋文明の水準を知らしめる事実が語られる。しかも、彼が命を賭けて東洋のヤアパンにやってきた布教の目的を「仏教の影に過ぎない」と切り捨てた白石の見識。二人の対決が読者を緊張させる。名作とは読者をとりこむ度合による。

シロオテの科学的知識を尊敬し、おだやかな人格に愛情さえ抱いた白石ではあるが、国禁の法は緩めなかった。

「上策は本国送還、中策は切支丹屋敷に生涯入牢、下策は処刑」を上申したが、幕府は中策を採った。それでもシロオテは、牢屋の世話人である長助、ハルの老夫婦を受洗させた。見事な布教——シロオテの使命の本領、そして隠れ切支丹の存在史でさえあろう結末。牢死した三人は裏門の傍らに埋められ、墓標に榎が植えられた。

何としたことか。私はついにヨワン榎を「獄門片影」には登場させなかった。事件後二百年の経過を語らせるにふさわしい素材だったのに——。あらためて太宰の文士センスに舌を巻いた。

それより、私は「歴史小説においては、素材発見がお手柄として、作品の根底をなすものだ」と常々主張してきた。この作品もその一つである。だからこそ「獄門片影」より先に「地球図」が躍り出てしまったことが悔しい。

「よくも、やってくれたもんだ。うーん、残念！ざんねん」

つい、声にまで出たようだ。隣のご婦人がびっくりした表情で、また卓さんをみた。この二駅間に我を忘れた失態がどれほどあったろうか？　と思うと卓さんは思わず赤らんだ。

「失礼しまして、数々の不作法で。いや、全くこれに気をとられてしまって」

と手にした雑誌を開いてみせた。

「『地球図』太宰治です」

「ええ、新進作家。わたし好きです。女のゲンコツでも砕けてしまいそうな繊細な作家って印象ね。先ごろ文芸春秋が始めた「芥川賞」の第一回候補になった人で、その後、いろいろと文壇を騒がせた話題の作家ね。私も追っかけ読みしましたわ。「逆光」はごくごく短いものですけど、石川達三の受賞作「蒼氓」より印象に残るわね。「蒼氓」が象の足跡のような印象なら、「逆光」は雷鳴と閃光に、一瞬の影だけを残したようなものね。テーマやセンスが全然違うんですもの」

ただの小説好きではない。元文学少女などといったら失礼である。卓さんは改めてご婦人に向き合った。

「太宰ファンですね」

「いいえ、ただの本好き。冒頭十行で、読むか止めるかを自己流で判断してしまう、わがまま読者ですの」

「賛成です。私も好き嫌いが激しい方でして。好きな作品には飽きるまで浸ります。そうすると、生意気にも『自分もこんなものを書いて見たいな』と思うことがあります。夢というか、いやもっと夢中の、格闘心とでもいいましょうか……」

「わたしは、創ろうという格闘心など思いもかけませんわ。感動した作品を友達に勧めるぐらいで精いっぱいですもの」

ご婦人は、芥川賞の第一回目の五人の候補作に、あえて短篇「逆光」をノミネートさせたその人の眼光の鋭さについて感動的に語った。卓さんは「道化の華」でなくて残念だといった佐藤春夫の選評を思い出して、目からウロコの思いだった。

「本来なら、太宰さんだって落選をバネに一そうペンを研いだでしょうね。ところが、川端さんの選評の一言が、龍の髭を踏んじゃったのね。『私見によれば、作者目下の生活に厭な雲ありて、才能の素直に発せざる憾みがあった』と。太宰さんのいちばん触れられたくないプライドを引っ掻いてしまったのよ。大地主の資産家に育った貧乏文士。何回も死にそこなって、非難にあえいできた不道徳男。でも、ダイヤモンドのような純粋な文士魂は、砕け散る前に書き遺さなければいられなかったのね」

ご婦人はこの他にも幾つか文壇のこぼれ話をきかせてくれた。ますますこれは只者ではない、と目を見はる。

「お話、ほんと面白かった。ところで、旅はどちらへ、——水戸ですか、私も水戸へ帰るところです。よかったら太宰をどうぞ。二駅とかかりませんから」

卓さんは見開きの雑誌を婦人に渡した。そして、読み終わるまで邪魔にならぬようにと、体を窓に向けた。収穫の終わった田園が、冬日のなかに広がっている。木守り柿の小道もゆっくりと回って過ぎる。角のとれた穏やかな田園風景だ。卓さんは太宰ファンのご婦人が、いわゆる芥川賞事件とよばれている文壇のゴシップまで知っているのに驚いた。と同時にさきほどの不愉快な興奮が鎮まった。噛みつき程度の反抗が「事件」などと騒ぎ立てる「文壇の正体見たり」というところだろう。「高木と太宰が、同じ時期に、同じ素材で、作品を創った」という今日の事実も、ひょっとしたら文壇の事件になるかも知れない。卓さんはこんな低俗な想像に苦笑したが、それでも自分を納得させる証明が欲しかった。

卓さんは「獄門片影」を同人誌『意識』十一月号に載せるために、原稿は秋の初めに編集部に送っていた。ところが『意識』は『作家精神』に改題することになり、その発刊事務のあれこれに手間どって、十一月号、つまり『作家精神』創刊号がまだ未発行なのであった。卓さんは読書中のご婦人に気がねしながらも、編集人の菅藤高徳宛にハガキを書いた。

（――『新潮』十二月号を開いてびっくりした。太宰治が「獄門片影」と全く同じ素材で「地球図」なる一作をものしている。至急読んでくれたまえ。歴史物にあっては、素材の掬いあげが勝負なんだ。これじゃ「獄門片影」は二番煎《せん》じになってしまう）

俺たちの同人誌も十年の間に脱皮を繰り返してきたな、と想う。大学卒業期に豊田三郎が言い出しっぺで『制作』を創刊したが、それが『噴泉』となり『意識』となり、今回『作家精神』と改題する。顔ぶれも変わったが、ともかく十九名の大所帯となった。俺にとっては「獄門片影」が「地球図」に出鼻をくじかれた感じだが……。

二駅が過ぎたころ、ご婦人は「ありがとうございます」と雑誌を閉じた。

「面白かった、というより迫力に押されっぱなしでしたわ。主人公のシロオテがヤアパン伝導を命じられ、侍に変装する姿が目に見えるようで、いっぺんに贔屓《ひいき》になったわ。その彼が一度も本格的な布教もしないで、切支丹牢に朽ちていく過程が、なんとも哀れで――。ヨワン榎は彼と唯一の受洗者である長助夫妻三人の愛の涙で育ったように思えて涙がとまりませんでしたわ。十頁たらずの短篇なのに、どうしてこんなに重いんでしょう」

「やっぱり――素材がいい。興味ある素材にあるんじゃないでしょうか」

「そうでしょうね。芥川さんが日本古典の中の素材を借りて名作をものしたように。『鼻』でも『芋粥』でも、他愛もない昔語りを現代小説の傑作に仕立て直してますものね。読んでいて面白いし、楽しいわ」

卓さんはたじたじとなった。が、思いきって聞いた。

「おもしろいって、どんな風に？」

「あら、いつものくせで、独りよがりの早合点で……。――チリチヌス（コンパス）一つで、世界地図と世界情勢を読み解くあたりが凄いわね。科学の偉大さを知らされますわ。その秀でた科学と宗教が相携えたとき、侵略という理不尽な行動が勃発するようね」

この短篇からそこまで読みとったのか、と卓さんは改めてご婦人を見る。

話が弾《はず》んでいる間に列車は水戸駅に着いた。卓さんはさりげなく、ご婦人の住所は聞いたが、「自分もこの素材で小説を書いた男です」とは言いそびれたまま別れた。

折り返し菅藤から返事がきた。

「前略、お手紙の主旨、存分に理解。これ全く私の責任に帰するところで、貴兄には誠に申し訳なく存ずる次第です。同人の豊田、川上両君からもいち早く連絡があり、貴君の名誉のためにも憂慮しているところです。予定どおり十一月号を発行しておれば、貴君の作家としての立場も力量も存分に開陳できたのにと、お詫び一杯です。事情を両君にも連絡したところです。匆々」

「略啓、足踏みしていた『作家精神』への改題が急に進展しました。『獄門片影』を中心にした『意識』十一月号を「組み置き」のままにしておいたことは、生みの苦しみとはいえ忍びないことでした。しかし、この問題に触発されて同人の意識が昂ぶり『作家精神』への改題企画が一挙に動きだしました。躊躇していた鷹匠君も加わって、総勢十九人で出発できそうです。

さて、『獄門片影』については、一月の創刊号にて貴君の名誉のためにも、太宰氏との意図的競作ではないことを明記して、読者の了解を得るつもりです。

向寒の折、ご健筆を祈ります。匆々」

編集人の明言にもかかわらず、改題・創刊は遅れてしまった。

菅藤は苦肉の策として『作家精神』の創刊を五月に延期し、組み置きのままだった『意識』最終号に「獄門片影」を載せることにした。その連絡を受けた卓さんは、大先輩の配慮に感謝して、「万事了解」の返事を送った。

明けて一九三六年一月、『意識』三巻一号が発行され、その「編集後記」に菅藤高徳はしっかりと記した。すこし長いが全文を紹介しよう。

「巻頭、高木卓君の小説は、『新潮』12月号所載の太宰治氏作「地球図」と同じ材料を取り扱ったものであることは読者諸賢の御気づきの事と思います。不思議な暗合なのであります。——実は都合あって、本誌十一月号は発行中止のやむなきに到りましたが、その十一月掲載の予定であった高木君の小説「獄門片影」は、組み置きの侭となったのでありました。したがって高木君の小説は太宰氏のそれ（地球図）よりも前に書かれたか、あるいは同時かであって、決して太宰氏の材料を追従されたものではありません。編集者としてここに読者諸賢の前に言明し、併せて太宰氏にも一応お断わりしておく次第であります。因みに高木君と太宰氏とは何ら個人的に交渉を持たぬのであります」（本文は旧かな）

3、学者の小説と文士の小説

卓さんは車中で懇意になった例のご婦人に『意識』一月号を送った。

「――太宰ファンの貴女にこれを贈るのは、いささか複雑な思いです。が一方で、太宰ファンなればこそ読んでほしいと思います。あの節は申しそびれましたが、私も物書きになろうとする男だからです。

一読してくだされぱおわかりのように、全く同じ素材で同じ時期に書かれたものです。が、決して喧嘩をうったり、優劣を競う心根ではありません。貴女のように素直に読んで下さる方の、正直な感想を聞きたいのです。ご迷惑でしょうが、一言の感想を寄せてください」

卓さんは他人に初めて「私もものかき」と言ったことで、気分がすかっとした。

意外に早く返事がきた。原稿用紙で五枚。この人も唯の文学少女ではなかった。

「初めて本気になって小説を読みました」と書き出してある。そして「地球図」との比較もさることながら、ヨワン榎を例にひいて、『文士の小説』と『学者の小説』の違いではないでしょうか」と結んであった。

卓さんは「文士」という言葉から、この人も「文壇」に関係のある人ではないかと想像した。同人雑誌にしがみつく者たちには「文壇」は遥かな憧れの世界でもあった。後になって、この「獄門片影」がラジオで朗読されたおり、会話が活き活きしていると褒められるのであるが、この効果については二人ともまだ気づいていなかった。

正月気分が抜けたころ、同人たちの合評会が例の「おめんや」の二階で開かれた。『意識』終刊の雰囲気で、殆どのメンバーが集まった。編集人の菅藤さんが温和な口調で経過報告をした。

「——私の手違いで高木君にはとんでもない迷惑をかけまして……」期せずして同情めいた視線が一斉に注がれた。やがて、新しい『作家精神』の幕開けの話題に移って行った。そこには夢があった。不安な現状にも夢があった。卓さんは多くを語らない。語れば作品の評価とは別に編集人の菅藤を傷つけはしないかと怖れた。新同人たちは虹の橋の向う岸にある大きなものに期待していた。今、自分達で産み出す『作家精神』の舞台に相応しい作品を書こうと、それぞれがたぎる情熱を秘めていた。

後年、一九四七年講談社から上梓した『獄門片影』のあとがきに、卓さんは此の時を思いだして記している。

『獄門片影』は、荒井白石の『西洋紀聞』に取材したものであることはいうまでもないが、この素材は小説作者の眼につきやすいらしく、私がこれを書いたころ、太宰治氏も同素材の作品を発表した。私は二、三カ月さきに書きながらある事情で発表が遅れたことを、成果は別として、ひじょうに残念に思ったことを思い出す。のちに安吾氏もこの素材を扱ったことがあるときいた。(原文・旧かなづかい)

ちなみに、ここにいう安吾氏の作品は「イノチガケ―ヨワン・シローテの殉教――」で、雑誌『文学界』一九四〇年の七・九月号に発表されたものである。

4、歴史小説の開眼

早くも第二回芥川賞の話が聞こえてきた。第一回の太宰問題がまだくすぶっているというのに、本人は『文学界』に発表した「猿ケ島」、『文藝春秋』の「ダス・ゲマイネ」を引っ提げて、第二回芥川賞に挑戦していた。――わたしに芥川賞をください、と臆面もなく選考委員に懇願したという醜聞もささやかれていたが、太宰の願望は夢に終わった。一度候補になった作家はふたたび候補にあげないという選考委員会の申し合わせによるとも聞いた。ともあれ、太宰には不運の虫が取り憑《つ》いているようだった。

さて、第二回芥川賞の二回目の選考会は、二月二十六日の午後二時からレストラン「レインボーグリル」に予定されていた。ここは文芸春秋本社が入居する内幸町の大阪ビルの地下にあり、文春関係者が作家との打ち合わせなどに使う馴染みの場所である。

ところが、この日の早朝、歴史的な事件「2・26事件」が起きたのであった。

臨時ニュースが流れ、主要道路が封鎖され、騒然とした空気がながれていた。大阪ビルはN・H・Kや首相官邸にも近く、いわば事件の中心地だったので、完全武装した兵士たちが緊張の様子で行進していた。号外によれば首相以下の要人たちが襲われ、殺害されたり重傷を負ったりしたのである。こんな騒然たる中に、中外新聞（現日本経済新聞）論説委員の和田日出吉は、兵士の銃剣に囲まれながらも首相官邸の取材に成功した。奇しくも官邸襲撃の指揮官栗原安彦中尉と昵懇の仲によるものだった。この時の詳しい様子は『中央公論』八月号の「二月二十六日、首相官邸一番乗りの記」に詳しく伝えている。（今日読んでみると伏せ字の多いのに驚く）

卓さんはこの日のことはよく覚えている。「獄門片影」と「地球図」の小説素材の問題などとは桁違いの「生の歴史事件」として、この雪の日の緊張感は忘れられない。

だが、肝心要の「第二回芥川賞」は、「受賞作なし」であった。

卓さんは平均台の上で立ち往生したような気持ちに捉われた。「地球図」はノミネートされなかったのだ。かつて動く書斎で読んだ時の昂《たか》ぶりを想いだす。制止できなくて隣席のご婦人にまで読んでもらい、語り合った太宰の文才の魅力。

太宰はすでに次作に取り掛かっているだろう。こんどこそ素材の発見を盗まれてはならぬ。卓さんは、――名僧鑑真和上を迎えるための遣唐船――の壮大な構想をすでに練っていた。『作家精神』創刊号に、君の力作を期待している、と編集人の菅藤君から手紙がきていた。

折も折、卓さんは「帝大新聞」に載った太宰の「盗賊」を読み返していた。。第一回の芥川賞で恨みをのんだ「逆光」の一部である。

太宰はとうに大学は中退していたが、自負の匂いがする。

「――私の名は盗賊。ことし落第ときまった。それでも試験は受けるのである。是非ない美しさ」

この冒頭の一文で、主題をきっちり押しだす見事さに舌を巻いた。いま世評にのぼりつつある「道化の華」とは、素材の質が違う。

「われは呟く――われは盗賊」

この結末の一文こそが、太宰の文体であり、文才なのだ。

卓さんは、はっきりと太宰治を意識して言う。

「われは呟く――我は素材で勝負する」

二章・芥川賞と遣唐船

1、遣唐船の解纜《かいらん》

卓さんの遅筆の原因は、素材の吟味に納得するまで時間をかけることにあった。主人公たちが自分の力で動き出すのを、じっくり待つのである。ところが、今度発見した「第七次遣唐船」の留学生たちは、勝手にもう動きだそうとしている――そう、阿部仲麻呂《あべのなかまろ》や下道真備《しもつみちのまきび》、僧玄昉《げんぼう》たちである。卓さんは、彼らを抑えるのに懸命だった。勝手なまねをするな、奈良から唐の都長安までの道のりは遠いのだ。

「日出る処の天子日没する処の天子に書を呈す」としたためた国書で、中国・隋の耀帝《ようだい》の不興をかってから百年が経っていた。倭国も長安をまねた條坊制をもつ平城京に遷都し、国の成立を示す『古事記』を撰上するまでに成長していた。「国づくりの基盤は固まった。それでも今回の遣唐船でお前たちを留学させるのは、その先の先を狙うからなのだ」

卓さんは机に大きな世界地図を広げ、めったに使ったことのないコンパスをとりだした。

かつてキリシタン禁制時代に布教のために侵入して捕えられたバテレン・シドッチが、取り調べの際に用いて幕吏を驚かせたという、コンパス操作によって遣唐船の行程を計算してみる。

太平洋は地図の半分を占めるほど広大で、その一隅にある東支那海などは、何の造作もなく渡航できるように見えた。さらにそこからは、太平洋に匹敵するほどの大陸がひろがる。そのほぼ中心に唐の都・長安が在った。ここを起点にして東方にコンパスを操ると、洛陽、徐州。そこから南下させると揚子江（長江）河口に至る。東支那海はコンパスで二股分。日本の南端、肥前の値賀島（福江島）が在るが、まったく芥子粒ほどだ。

卓さんはコースを何べんもなぞった後、前途を祝福しながら仲麻呂たちの縄を解いた。一気にペンが走り出した。

「古事記が出来た年から六年目の春、肥前の値賀島、現在の五島列島最南端の福江島を、未明に解纜して沖へ沖へと出て行く四艘の巨船があった。第七回遣唐使の一行である。――その第四船の中央座所の近くに目指す大唐の長安がある西方の空を、憧憬と希望との輝く目で飽かず見入っては語り合う二人の若者があった――。

素材に語らせよう、それが私の歴史小説の理念だ。だが、卓さんの創作ノートは精緻すぎた。すまないが主人公たちには時々立ち止まってもらわなければならない。

卓さんのペンがふと止まった。仲麻呂よ、真備よと励ましていた二人の面影の上に、母と伯母の留学生姿が重なっていた。

母幸が音楽教育の夢を託されてベルリンへ旅立ったのが、彼らと同じ二十一歳の時であった。また、これより先に伯母延が第一回文部省音楽留学生として派遣されたのは、十九歳から二十五歳までの六年間であった。姉妹とも帰国後は母校東京音楽学校の教授に就いた。

仲麻呂と母との間にある一二〇〇年もの歳月が、時空を超えて結びつく現実が、不思議な縁と思われた。何時の日か、母や伯母も歴史を語る素材となるかも知れない。ちなみに、二人の留学は漱石のイギリス留学よりも先である。

明けて中国暦の開元六年（718）、使命を終えた遣唐使一行は、仲麻呂や真備を残して帰国の途に就いた。留学生たちの帰国は、次の遣唐使一行を待たなければならない。おそらく朝廷の実情からいって、二十年ほどの歳月がかかるだろう。それまでにこの燦然と輝く盛唐の文明を、身体全体で汲みとっておかねばならない。

さて、仲麻呂と真備は別々の教育機関に属することになる。詩人で官人向きの、しかも日本における身分も手伝って、仲麻呂は「大学」に、論理的で実務型の真備は「四門学」に入学させられた。いわば二人はスタートから分離走路に立たされて、学問の道を競う運命となった。

仲麻呂の「大学コース」は、難関の「進士」の試験に合格して「登第」すれば、高級官僚の道が開けている。いわばキャリア組である。彼は数年にして、大唐全国の俊英が競う進士試験に合格し、「身言書判」という人物考査にもパスして、見事に「左補闕《さほけつ》」として登第したのであった。

この「進士試験」は名うての難関で、それだけに名誉と実利をともなっていた。受験生たちの希望を語る「邯鄲《かんたん》の枕」という挿話がある。

――村で秀才の誉れたかい青年盧生は、自信をもって臨んだ官吏登竜門の「進士試験」に落第してしまった。盧生は落胆し、村に帰る途中邯鄲の町で休息する。その茶店で出会った道士呂翁から不思議な枕を借りて寝たところ、「進士試験」に見事に合格して「登第」し、立身出世して富貴を極める――ここで盧生は目覚めた。気が付くと婆やに注文した高粱の粥がまだ煮えていないほんの僅かの時間であった。人間富貴の夢は、天地の悠久さに比べれば一瞬のはかなさであったと、盧生は悟る。

真備は仲麻呂の進士の合格を、盧生の物語などと比べてはいない。仲麻呂が輝けば輝くほど、ライバル意識をかき立てていた。帰国したなら奈良の朝廷で思いっきり働きたい。そのための留学であり、そのための苦労の勉学なのだ、と真備は自分の走路を走り続けた。

十八年後の七三三年（天平5）多治比広成《たじひのひろなり》を大使とする第九次遣唐使が入唐した。任務が終わって帰国する一行に従い、真備や玄昉らの留学生も帰国の途に就いた。が、仲麻呂だけは帰国を断念すると申し出たのである。というのも、この時仲麻呂は身動きできない状況にあった。その第一は日本からの留学生というのに、皇帝玄宗の信任がまことに厚かったからである。当時仲麻呂は皇帝から「朝衡《ちょうこう》」という姓名を賜り、第十王子「儀王」の付け人として「儀王友」に任ぜられ、「秘書校書」の位まで昇任していた。さらに当代一級の詩人王維《おうい》や儲光儀《ちょこうぎ》という詩友を得てからは、唐の生活に喜びを感じていたのである。

また留学仲間には内緒にしているが、実は現地妻を娶《めと》っていたのであった。

帰国が迫ったある夕べ、真備は一席を設けて仲麻呂を招いた。彼の本心を確かめねばならない。真備は率直にいう。

——帰国の機会も手段も今を措《お》いてない。この日のくるのを俺たちは指折りかぞえて十八年間も待っていたのではないか。この間に学問、技術、制度、いや文化的な生き方まで身につけてきた。いまこそ帰国して、日本の発展のために貢献すべきなのだ。俺たちが留学生として派遣された目的もそこにある。留学も学問も帰国もみんな国の意思なのだ——。

仲麻呂は迷いに迷っていたのである。迷うことに必死であった。それでも仲麻呂は玄宗皇帝の恩義を捨てきれない。これもまた日本人としての信義の心だと思う。

天の原ふりさけ見れば春日なる
三笠の山に出でし月かも

仲麻呂は万感を込めて口ずさんだ。うつくしい別れであった。

ここまで書いてきて、卓さんはペンにブレーキをかけた。単線を走る列車は、所定の場所で停車し、相手の列車と擦れ違わなければならない。

卓さんは構成ノートをみる。資料を整理した各章のプロットが招いている。時代は第七次遣唐使から第九次遣唐使までのおよそ四十年間。いわば華と呼ばれた玄宗皇帝の盛唐五十年にあたる。この盛唐文化の息づく中に、真備と仲麻呂は留学時代を含めて七十年の生涯を生きたのであった。倭の右大臣正二位吉備真備と、唐の「北海郡開国王・食邑三千戸」の仲麻呂。そして玄昉の名もある。鑑真和上《がんじんわじょう》の来日もある。

しかし、彼ら個人の出世話だけでは歴史小説とはよべない。個々人の生きざまから歴史の貌《かお》を描く歴史小説は、口でいうほど易しいものではない。卓さんは膨大な資料を制御しながら、文士の歴史小説に仕上げようと苦闘していた。「学者の小説」とさらりといった例のご婦人に、頭が上がらないような気がしていたのである。

タブレット交換をおえて、列車は再び走り出す。

さらに十八年後、日本から第九次遣唐使一行が長安を訪れた。大使は藤原清河、そして副使はなんと吉備真備であった。玄宗皇帝は一行の接待主任に秘書監兼衛尉卿《えいいけい》の仲麻呂を任じたのであった。何とも粋な計らいではないか。

――晴れの日、接待主任として迎える者と、国賓として迎えられる者――その昔、人生の朝を相共に唐に渡り、壮年の昼には涙を振るって別れ、今また人生の夕べに皇域にて再会する。いかに懐かしがり、いかに想いあい、いかに語り、いかに喜び、いかに泣いたことだろう。

卓さんは昂ぶったペンを停めた。そして我ながら苦笑した。一文に「いかに」を五回も使う文脈など見たこともない。場面の興奮にペンは同調してはいけないのだ。文士の極意は、むしろ冷静に——。

真備は仲麻呂が留守にしていた三十六年間の日本の発展ぶりを語った。

——前の別れに君が偲んだ三笠の山には、国中の国分寺を束ねる東大寺の甍が聳え、五丈三尺五寸の金銅《こんどう》蘆舎那仏《るしゃなぶつ》の開眼供養が、去年極めて盛大に行われたこと、この度は多くの僧をまとめる「伝戒師」として、江淮の化主と仰がれている鑑真和上を迎えることになったこと。日本はいま隆盛なのだ、と真備ははっきり告げた。

あをによし奈良の都は咲く花のにほふが如く今盛りなり

同輩の小野老《おののおゆ》が詠んだものだよ。

仲麻呂は望郷の思いが日増しに強くなった。玄宗帝とともに歩んできた三十六年間は、「盧生邯鄲の夢」と変わらないようにも思われる。帰ろう、青山が懐かしい、呼んでいる。仲麻呂は皇帝に帰国を願い出た。玄宗は仲麻呂の実力と人望を惜しんだが、「唐朝の特派使節として日本の遣唐使一行を見送る」という形で許したのである。仲麻呂は李伯や王維ら詩人との別れも辛かったが、妻の同意を得たので清々しく決意した。

2、運命の別れ

資料によれば、真備らの遣唐使一行は四隻の巨船に分乗して七五三年（天平勝宝5）十一月十六日に、神明の加護を祈りつつ明州の港を出港した。

第一船には大使清河や仲麻呂らが、第三船には真備と伝戒師鑑真らが分乗した。直線で東方益久島をめざしたのであるが、支那海に出るやすぐに暴風雨に襲われた。船団は暴風雨に弄《もとあそ》ばれて五日後に、阿児那波島（沖縄）に漂着した。この地はすでに帰順していたとはいえ、隼人族の住む異郷である。ここで船を修理し、水を補給して再び益久島に向かう。しかし、またも大暴風雨に遭遇し、漂流した。大使と仲麻呂の乗った第一船は、はるか南方の安南の浜に漂着した。真備・鑑真の乗った第三船は、幸運にも北へ漂流して紀州牟漏《むろ》﨑へ漂着したのであった。これが、仲麻呂と真備の永遠の別れとなった。

鑑真和上招聘という大任を果たした真備は、いつしか政治の要に座っていた。大使や仲麻呂たちが苦労の末、どうにか長安に戻ったと便りに聞いて、ようやく安堵した。しかし、仲麻呂がほんの二年ほど長安を離れている間に、唐の国情は様を変えていた。爛熟していた盛唐はちょっとの揺れで瓦壊したのである。安禄山の乱によって京は灰燼となり、玄宗は西蜀に遁走した。

杜甫は悲嘆のなかで詠んだ。

国破れて山河在り／城春にして草木深し
時に感じては花に涙を濺《そそ》ぎ／別れを恨みては鳥にも心を驚かす（略）

同じく李白も玄宗の哀れさを一二〇行にも及ぶ「長恨歌」に詠み、次のように結んだ。

天に在りては願はくは比翼の鳥と作り／地に在りては願はくは連理の枝と為らむと／
天長地久時有りて尽くとも／この恨みは綿々として尽くるの期無けむ

仲麻呂は玄宗亡きあとも粛宗に仕え、「北海郡開国王」「食邑三千戸」という位人臣を極めた至高の喜びと、孤独の深い悲しみに浸りながら逝った。七十歳であった。一方、吉備真備は正二位右大臣の栄誉の中で、八十歳の多彩な人生を終えた。

3、『作家精神』の創刊

書き終えた、と卓さんは興奮のペンを置いた。原稿用紙にして約一〇〇枚。かねてから歴史小説の理念として語ってきた「現在相応理論」が、実現できたと満足であった。

『獄門片影』の後味の悪さから三カ月が経とうとしていた。先日も編集人の菅藤君から、まだかと催促の手紙が届いている。

『作家精神』が待っている。改題創刊号だから遅らす訳にはいかない。君のは巻頭作品だから、目いっぱい力んで欲しいと、なかなかきつい。

編集人は酷なことを平気で言うもんだな、と四苦八苦中の卓さんは恨めしく思ったが、ともあれギリギリ間に合い、ホッとしてタバコに火をつけた。熱気の残る室内には、読みくだいた『続日本紀』や『唐大和上東征伝』など貴重な資料が散乱している。暴風雨にもまれながらも日本に漂着し、後に唐招提寺に戒壇を開いた鑑真和上を描き切れなかったことが心残りだった。どうも――仲麻呂と真備にペンを盗《と》られてしまったようだ。

不意に、脈絡もなく「学者の小説ね」と、あのご婦人の評が聴こえたように感じた。文士太宰治なら頬杖を付いてなんと応答しただろうか。

愛児の独り旅を見送る気持ちで原稿を送った。豊田三郎から長文の手紙が届いた。

――「遣唐船」は傑作だ、芥川賞に値する、と彼にしては珍しく大仰に褒めてきた。

素材と作品がようやく均衡してきた、と、小説修業の成果を認めてくれた。だが、と彼はいう、「まだまだ表現が硬い。これはまだ同人誌向きであって、一般読者向きの作品ではない」「解説ではなく、描写を修行せよ」と、執筆の勘所まで指摘してきた。

卓さんは彼の言葉にはいつもこころから頷いてきた。そして終わりに、またまた太宰が芥川賞の件で騒いでいるとあった。文壇の話などになると、水戸生活はやはり都からは遠いようだった。

しかし、水戸という東京から離れた所にいると、文壇とジャーナリズムの関係がある程度客観的に見えてくる。

太宰治の例の芥川賞噛みつき問題も、ジャーナリズムが「芥川賞事件」などと騒げば騒ぐほど、太宰は光ってくる。太宰が仮に貧に窮していたとしても、今日の五〇〇円が欲しいのではない。文壇という不思議世界へ斬りこむ手段なのだ。卓さんはしたたかな太宰の正体を見たように思う。文士としての才能も凄いが、一流の作家になろうとするしたたかな計算に舌を巻いた。

卓さんは、はからずも競い合う事になった「地球図」を思い出していた。

「逆光」の諸篇が芥川賞からもれるや否や、すぐに芥川の名作に習って、「地球図」を書く。この擦り寄り方は気にいらないけれど、確かにあの作品には「読ませる力」がある。たとえば、シロオテがコンパスを操って、ぼろぼろの世界地図上にローマを探しだす場面など、読者を感動させるに十分だ。文壇大家の作品よりずっと迫力がある。これは文士としての得難い才能だ。その才能がバビナール中毒に冒されていると聞いて、心から惜しいと思った。

「遣唐船」は『作家精神』創刊号の巻頭を飾った。一〇〇枚の作品を一挙に掲載する同人誌など、そうざらにはない。さらに小暮亮は長編「波動」の連載を始めている。

創刊号の「巻頭言」はこう呼びかける。

「作家の第一要素は感性であり、その感情をひとつの思想にまで高めたい。作品の価値はこの作家精神の逞しさ、純粋さにある。これを養《やしな》はうぢゃないか、護らうではないか」

卓さんは同人の大黒柱ともいえる小暮亮の熱弁に敬意を表しながらも、文学青年めいた高ぶりに、こりゃ大変なことになったわい、と頸をすくめた。今回の「遣唐船」は資料を噛み砕き、思いをこめて書き終えたが、小暮のいう、「感性を高めた思いの表現」かと問われると、いささか腰がひけてくる。しかし本文一一二ページのうち、「遣唐船」が四十二ページと三分の一を占める「創刊号」は、輝いて見えた。

初夏のその日、使い勝手のいい「おめんや」の二階で「創刊号」の合評会が開かれた。新しい同人たちは、他の同人誌で腕を磨いてきた連中も多い。合評会はいつもより活発で、辛辣な批評もとび出したが、なにを言い合っても足を引っ張る奴はいない。そこが同人というものだ。みんな自分の修業の肥《こ》やしにしようと真剣なのだ。

ひと息ついたところで酒がはいる。これからがもちまえの面白さだ。
卓さんは前身の『制作』創刊号の同人合評会を想い出していた。
――十年も昔だ。若かったし意気軒昂だったな。言い出しっぺは豊田三郎で、卒業記念に同人誌をつくろうと呼びかけてきたのだった。「めぼしい奴にはツバ付けてある。あ奴にこ奴……」豊田は指をおって、十名は集まるといった。帝大独文科を出たって平凡な語学教師などになるな。少なくとも脳みそを使う仕事、心の仕事、気持ちの昂ぶる仕事をしろよ。それには文学が最高だな。本業でなくても己の人生のために文学をやろう！

　虹を創るような誘いだった。豊田は同人誌創刊に向けて駆けまわっていた。小遣いは全部円タク代で消えたと笑った顔が忘れられない。誌名『制作』を決め、巣鴨の皎明社のおやぢを口説いて組み代をまけさせ、記念すべき『制作』創刊号が発刊された。表紙は三色刷りの犬の絵で、上質な雰囲気だった。昭和五年七月である。。卓さんの小説修業がここから始まった。


　豊田はいまは書かせる立場の編集者となっていた。紀伊国屋書店が始めた雑誌『行動』の編集長である。彼はためらわずに言う。

「『遣唐船』はいい作品だ。味わうために、読者に教養の下地をせまるなんて、いい度胸だ。ひらたくいえば、読者を日本史のレベルまで引き上げようと目論んだ作品なのだ。次回の芥川賞ものだね」

　同感！　と声がした。そこが卓さんの歴史観の原点だ、と一人は応じた。

　図星だ、と卓さん自身も思う。じつは執筆中ずーっとこの点が気になっていたのだった。作者の立場に立てば、作品の成功か否かは素材の解釈と表現の組み合わせで決まってしまうものだ。素材を時空をこえた現在に蘇らせるのが「歴史小説」の真骨頂なのだ。

卓さんにあっては、実のところ『文学界』二月号の北条民雄「いのちの初夜」が胸につかえて離れない。

私は「歴史の素材を発見し、小説という形で語らせて、現代に生き返らせよう」と必死なのに、北条民雄は「自分が素材」の立場を不動なものにしている。だから彼の作品は自分自身を語りながら、私小説の枠にはめられない不思議な世界であった。作者自身が癩《らい》患者という決定的な肉体の不幸が、私小説の枠を超えさせたのだろうか。卓さんは一読して感動していた。北条民雄はらい患者にまつわる社会通念をまともに跳ねのけ、「ここにも生命の文学がある」と主張していた。文学への強靭なバネは、自分が素材という強みからだろう。

話題が一段落した時、卓さんはこんな疑問を小暮にぶつけてみた。彼は、

「北条民雄は素材なんかじゃない。名前さえ不必要な生命そのものなんだ。『いのちの初夜』は、生命が生命を語った作品なんだ」

と謎めいたことをいった。さらに、

「この作品は川端康成が買っている。原題『最初の一夜』を『いのちの初夜』に改題したのも川端だ。題ひとつでこの作品は飛躍的に輝いた。次の芥川賞は『遣唐船』とこの『いのちの初夜』に決まりだ！」

と声を高めたので、同人たちの視線は一斉に卓さんに集まった。戸惑いしながら卓さんは、川端康成に北条民雄、佐藤春夫に太宰治と呟いた。

これは後の話だが、「太宰治に田中英光」の思いを追加することになる。それは田中の「杏の実」を『オリンポスの果実』と改題して、田中を文壇に送りこんだ太宰の炯眼《けいがん》に感服したからである。

4、芥川賞落選

この夏は例年になく暑い日が続いた。水府とよばれる水戸も街路樹がうなだれるほどであった。日射病（熱中症）に注意せよとラジオは呼びかけたが、暑さぐらいに負けてたまるかと粋がる世情であった。期待どおり「遺唐船」が芥川賞にノミネートされたと伝えられたが、卓さんはなるべく意に介すまいとしていた。だが、期待しないと言えば嘘になる。

八月十日、第三回芥川賞が発表された。授賞は鶴田知也「コシャマイン記」、小田嶽夫「城外」で、「遺唐船」は次席であった。落胆した。訳のない寂しさが胸中を埋めた。年内に式を挙げる予定の婚約者綾子さんへのプレゼントを貰い損ねたと呟く。

小暮が「生命そのもの」と評価した「いのちの初夜」も次席であった。しかし、すぐに

「文学界賞」を受賞した事を知り、卓さんは我が事のようにうれしかった。

小暮から走り書きのハガキがきた。

「『遣唐船』を落とすとは何事か、選考委員の眼は節穴か?二作受賞というのに……」と息巻いている。卓さんは委員の選評を読みたいと思った。

『文藝春秋』九月号に受賞作「コシャマイン記」と「城外」が載った。同時に選考委員十一名のうち八名の選評がのっていた。

まず菊池寛は受賞作「コシャマイン記」について、「同人雑誌の頁」に埋もれさすべきものではない」と激賞していた。続いて「遣唐船」は、「テーマが雄大で、書き足りていないが、しかし相当の力作である」と認めていた。委員の佐藤春夫は「北条氏の『いのちの初夜』と高木氏の『遣唐船』など、なかなかの力量のある作ではあるが表現力の不足が目立つので、これをプラスマイナスすると授賞を躊躇される」と評していた。なぜか小島政二郎と川端康成は「遣唐船」には一言も触れていない。たとえ叩かれても今後の栄養剤として、直接選者の意見を聞きたいと思ったのに。卓さんは丁寧に選評を読み返したが、正面から太刀打ちするような評言は見当たらなかった。

例の列車婦人から手紙がきた。——いきなり「遣唐船」が次席であったことに「おめでとうございます」とあった。読んでいたんだ、丁寧に読んでくれたのだ。しかも、ここまではっきり見通した人はこれまでにいない。卓さんは彼女に文学的な初恋をした。

『西洋紀聞』が縁で出会い、「獄門片影」で競作めいてライバルとなった太宰は、「第一回芥川賞」に関わって、変な意味ながら文壇人となっていた。これを横目にみて卓さんは「現代相応」理論を作品化して、胸を張って芥川賞に挑戦したが敗れた。

手紙は続ける。

「高木さんは、無意識に太宰さんのライバルですね。こんど芥川賞落ちて分ったでしょ、太宰さんの気持ち。文壇相手に喧嘩できた太宰さんは、きっと純粋人間だと思うわ」

卓さんは呻いた。悔しい、残念、怒り、反省、反発、挫折、不安……、あらゆるマイナス感情でパンパンに膨らんだ風船の中にいるようだ。ちょっとでも針が刺されば、爆発する。

図星だ！　と卓さんは初恋婦人の手紙を読み返した。

「二人とも落選した栄誉は天晴れ！ですわ」と結んであった。鎮静剤だった。

菊池寛に「相当な力作」と認められた「遣唐船」は翌月の『文藝春秋』に再録された。次点作が本誌に載る例は珍しいことである。同人たちは『作家精神』が、創刊号から一気に話題誌になったと喜んでくれた。

三章・芥川賞辞退

1、鶴の一声

奇妙な夢を見た。

まほろばに続く虹のトンネルを往くと、突端は清冽な滝壺だった。瀑布は轟々とうねり、その飛沫から延びているのが、この虹のトンネルだった。その滝壺の波を巧みに分けて笹舟が近づいてくる。操るのは小指ほどの小さな神だった——そう、少名毘古那《すくなひこな》と呼ばれる神である。母なる神産巣日《かんむすび》の指の隙間からこぼれ落ちて、天の川を流れてきたのだった。神話によれば、その神は出雲の国に漂着し、大国主と力を合わせて国造りに貢献したという。

卓さんは子供心にも出雲の国の神話にひかれていた。ここに現れる神は清浄で絶対的な神ばかりではなく、邪悪な神もあり、狡猾な神、権力を欲しがる神、何事にも従順な神など、人間社会に似ていたからである。そんな人間臭さが魅力であり親しみであった。

なかでも、ヤマタノオロチという妖怪を退治した暴れ神スサノオが、救出した娘クシナダと結婚し、村人たちが祝福の讃歌を踊る場面が好きだった。

八雲立つ　出雲八重垣　妻籠みに
八重垣作る　その八重垣を

踊りの環は西洋のオペラの終章と同じく荘厳で感動的だ。とくにワーグナーに心酔していた卓さんにとっては「スサノオ」は絶好のヒーローだった。

卓さんは「思想家、芸術家、人間としての、リヒャルト・ワーグナーの発展過程」という表題の卒業論文で東大独文科を卒業したが、同じレベルでオペラ台本『神々の顚落』を書きあげていた。もちろん主人公はスサノオである。だが、総譜付きのオペラ台本として日の目をみるまで、およそ四〇年を待つことになる。

一九二七年（昭和2）七月二十四日、「あるぼんやりした不安」は、三十六歳の芥川龍之介の命を奪った。東大独文科に進んだばかりの卓さんは、芥川の死に強い衝撃をうけた。漱石の短篇小説の理念を継ぐ切れ者として尊敬していたのであった。卓さんは、作者の死によって一足飛びに古典化されていく作品の不思議さを思う。卓さんは古典化される前に、もう一度好きな作品『藪の中』と『老いたる素戔嗚尊《すさのおのみこと》』を読んでおこうと思った。

『藪の中』は一九二二年（大正11）に発表された。題名が示すように、一つの真実に対して、関係者の証言がまちまちで、まるで「藪の中」だという、いわばミステリーの原型のような作品である。読者が各人の証言の微妙なズレをどう読み解くかが、この小説の面白さであり、鍵でもあった。ひょっとすると、芥川が「俺を死に誘惑した、あるぼんやりした不安とはなにか」と投げかけた遺書のようでもあった。面白い！この手は使える。

また、『老いたる素戔嗚尊』は、神さえも老いるという人間臭さが、読者の共感を得る接点になっていた。芥川が神々の年齢を発見したように、さらにワーグナーが『神々の黄昏』によって、神の実在を証明しようとしたように、私も神々の生活を普段着の舞台にのせたいと思う。

一九四〇年（昭和15）七月二十七日、赤坂山王星ヶ岡寮にて、第十一回芥川賞選考委員会が開かれていた。委員十二名中、横光利一をはじめ九名の委員が出席していた。大御所谷崎潤一郎、山本有三の顔が見えないのがちょっと寂しい。

今回は最終選考会なので、ノミネートされた三十八作品の中から残った、高木卓「歌と門の盾」、木山捷平「河骨」など六篇が対象であった。時局は戦時色を濃くし、戦争文学なる新造語が芽をふいていた。それだけに、委員たちの選考眼が鋭かった。いずれにせよ、賞の選考というものは、満場一致でシャンシャンなどと言うようなものではない。

こうした選考委員たちの産みの苦しみの結果、決定した「賞」であればこそ、受賞者は喜び、落選者も納得できるのである。

それなのに、今回は受賞者本人が辞退したのであるから事は穏やかではない。憶測は増幅されて藪の中のようだ。

発表された選評からも、当日の選考委員会の雰囲気が伝わってくる。

「この作者とは再会だな。第三回の『遣唐船』は文章の生々しい点、すこし物足りなかったが、しかし、力作だと思った。が、今度の『歌と門の盾』は、題材はいいが描写の文章は、外米を噛むようで味がないナ」（T委員）

「うん、同意だ。こんないい材料を摑んでいながら、こんな平板な作品じゃもったいない。一歩すすめて鷗外の歴史小説やメリメの諸作品を熟読頑味して、それらの文学を自己の血肉とせられんことを祈る」（K委員）

「前作『遣唐船』がおもいだされるな。表現力・構成力では『遣唐船』のほうがまとまりが良かった。二作とも取材が非凡で、しかも歴史小説の正しい方向を示唆する功労を認めるにやぶさかではない。この作者は人として、学者として優れた人らしいのに、文学的――少なくとも作家的天分にはあまり恵まれた人ではないらしいと考えていた」（S委員）

卓さんは思わず頬づえをはずし、嘔吐のような怒りを飲み込んだ。構成力も表現力も作者の力量にかかわることだが、「作家的天分に恵まれていない」と言われると、自負の足元がすくわれたようで、目茶苦茶腹立たしい。自分では血統でも環境でも文学的には恵まれているると自負してきた。文学的には伯父露伴から、音楽的には母から、学者タイプは父からの贈りものと信じてきた。それが、「作家的天分なし」といわれると、前後を忘れて腹が立つ。「作家修業が足りぬ」などとは雲泥《うんでい》の違いだ。

この時卓さんは、ひときわ甲高い声を聞いたように思う。

「この作品は、同人雑誌のページに埋もれさすべきものではない。委員諸君の同意が得られない場合にも、『文藝春秋』に再録したいと思う」

――この言葉は以前にも聞いたことがある。かつて私の『遣唐船』が第三回芥川賞候補になったときの菊池寛の声だ。あの時は菊池寛のこの一言のお声がかりで『遣唐船』が『文藝春秋』十月号に再録されたのであった。それから四年後の今日、第十一回の選考委員会でも「外米を噛むような描写」とけなされ、「天分なし」とまでくさされながらも、菊池寛の脅迫的な推薦で、「歌と門の盾」は芥川賞授賞に決定したのであった。

「歌と門の盾」は、日本古代史のエポックである「万葉集編纂」という大事業を成し遂げた、大伴家持《やかもち》を主人公にした骨太の歴史小説である。ご存知のように、主人公家持は当代一流の歌人であるとともに、古代から武門の誇り高き大伴宗家を担う、若い貴公子であった。彼は新興勢力の藤原氏を横目に睨んで、歌も門も自分が護らねばならぬ、と決意していたのである。

時は長い間続いた女帝時代を抜けて、聖武帝の輝かしい「天平」時代が二十年も続いていた。世に言う天平文化の黄金期であった。

聖武帝は天平文化の総決算として、人民に「盧舎那仏《るしゃなぶつ》金銅像造立の詔」を賜る。そして六年の歳月を費やして金色燦然たる大仏が完成しようとしていた。おりしも、この造立に間に合わせたように、陸奥の国に黄金が発見され、九〇〇貫もの黄金が献上されたのである。越中守として彼の地に赴任していた家持に、慶びの歌の下命があった。

陸奥国より金《くがね》を出せる詔書を賀《ことほ》く歌一首並びに短歌

葦原の瑞穂の国を天降り　しらしめしける天皇《すめろぎ》の　神の命の　御代重ね　……海

行かば　水漬《みず》く屍《かばね》　山行かば　草生《む》す屍　大君の　辺にこそ死なめ　顧みはせじ
と言立て……。（略）（万葉集より）

大伴家の使命を詠み込んだ堂々たる長歌である。反歌が三首ついている。

聖武帝は百官を伴って盧舎那仏の開眼《かいげん》供養を行い、ご自身を「三宝の奴」と称された。そしてこの繁栄の治世を記念して、「天平感宝」と改元されたのであった。だが、どうしたことか、この目出度い年号は僅か数カ月で「天平勝宝」に改元されてしまう。

翌天平勝宝二年六月、家持は「因幡守」に選任された。四十歳を過ぎた家持にとっては、北国の地方長官などは、名誉でも栄転でもない。

家持は都の佐保亭に妻子を残し、単身赴任する。因幡の官邸に運んだのは、ここ数年精力的に集めた歌集や歌稿などが詰まった箱だけである。

家持には大仏造立のような国家的事業ではないが、現存する和歌を網羅的にあつめて編纂し、天平文化の華として後世に遺したいという、壮大な夢があった。いつも後ろ盾になってくれる老左大臣橘諸兄が「さよう、一万首も集まったら『万葉集』とでも名付けようが」と励ましてくれている。

家持は守としての仕事以外は、膨大な歌稿の反故《ほご》に囲まれて過ごしていた。上は天皇から下は名もなき庶民までが横軸になり、太古から現在までの歌草が縦軸となる。全二〇巻、歌数一万首――。家持の夢は荘麗である。「和歌によって門を興す」と家持は潔く決意していたのだ。

いま家持は困難な詰めの作業に取り組んでいた。先年の防人交代期に、兵部少輔として彼らの検閲にたずさわったが、その折集めた防人《さきもり》たちの歌の整理である。

そこで出会った若者たちは、防人としての勇者ではなく、妻子との離別や田圃の荒れるのを嘆く民草であった。防人の任務は、過酷な徴用だったのである。

彼らは思いのたけを馴れぬ歌に託した。素朴だが歌には心情が溢れていた。家持は膨大な歌稿から八十四首を厳選した。

芦垣《あしがき》の隅所《くまど》に立ちて吾妹子《わぎもこ》が袖もしほほに泣きしぞ思《も》はゆ（防人歌４３５７）

家持はこれらの歌を二十巻目の後方に収め終わってほっとした。全二十巻がどっしりと肩を組んだように思われた。

北国因幡の正月はよく降る。

国庁の元旦の儀式は滞りなくすみ、大広間では年初めの宴が始まろうとしていた。着飾った国郡《くに》の司たちの、にこやかな顔が揃っている。国守大伴家持は、チラと窓外の雪に視線を投げ、おごそかに詠んだ。

新しき年の初の初春の今日ふる雪のいや重《し》け吉事《よごと》

万葉集棹尾の一首である。

2、迷う子羊

突然、「文芸春秋本社までご足労いただきたい」と電話連絡を受けた卓さんは、何事かと文春本社に菊池寛を訪ねた。『遣唐船』が芥川賞に絡んでいらい、菊池寛は身近な存在になっていた。それだけに菊池の文壇における威厳や出版界への目配りなども知らされていた。いまや上昇気流に乗った男というイメージが強い。

上機嫌で迎えた菊池寛は、開口一番無造作にいった。

「君の『歌と門の盾』、なかなかいいね。決めたよ。一応本人の諾否を聞くことになっているので連絡したが、実は、久しぶりに君に会いたかったんで、ご足労願った次第」

どうぞ、と席を勧める。

卓は動顚した。額に手を当てたまま立っていた。芥川賞に推されたことを聞いて以来、どうにも釈然としないのだった。『歌と門の盾』は、同人誌『作家精神』の締切日に合わせて、ろくな推敲もしないまま抛りこんだものなのだ。史実は正確に摑んである。そしてなるべく正確につたえようと苦労した。だが、史実を文学に練り変えるための酵母のようなものが足りなかったような気がする。さらに、熟成時間がたりなかったと反省している。――出来栄えを○か×かで自問する時、○でもあり×でもあった。それをいま賞の権威者に「○」と言われたのである。逡巡した。躊躇させた。

「もったいないお言葉ですが、一日考えさせて下さい」

とたんに菊池寛の唇がピクと動き、目を閉じた。

欣喜雀躍《きんきじゃくやく》の返事を信じていた菊池は、怒るより呆れかえったのであった。

「よく考えてくれたまえ」

という言葉を背に、卓さんは社長室を後にした。

「あれは本音だったのか？」と、卓さんは帰りの道すがら考える。○と決定した相手に×と答えなかったのが、一時逃れの策に過ぎないのであれば、こんな卑怯な手はないと思う。また、余裕をもたせた一日が、逡巡の時間であるならば、作品としての客観性や独立性は汚されてしまう。

大伴家持が武門と歌道の両立に悩んだ姿が身につまされる。

ともあれ、ここに作品の素材として選んだ「大伴家持」は、『万葉集』という前人未到の大歌集を編み上げた。その苦労と栄誉は言うに及ばない。私はこの盾の両面をテーマにしながらも、十分に描き切れなかった。未熟さでも時間不足でもない。大伴家持が大きすぎたのだ。

3、迷路へ

菊池寛と別れた卓さんは、その足で三やんを紀伊國屋書店の喫茶室へ呼び出した。

かつてこの書店が出していた雑誌『行動』の編集長だった彼は、ここで旧友に会う事の懐かしさで顔をほころばせてやってきた。雑誌『行動』は豊田編集長の炯眼によって文壇にカンフルショックをもたらせたものの、僅か二年で終わった。その後三やんは飯の種に神奈川県の某中学の教師に職を得て、すっかり教師らしくなっていた。彼は真面目な態度で卓さんの話を聞いてくれた。

「うまい話じゃないか。欲しくたってそうちょっこら貰えるもんじゃない。それに欲しがっている奴らは山ほどいる。お前がいらないんなら、俺が貰ってもいいんだぜ。作品に多少の瑕《きず》があっても、値引きなんぞするな。遠慮なく、堂々と貰っとけばいい。値打ちは後から付いてくるさ！」

一気にしゃべり終えると急に黙りこみ、三やんはゆっくりコーヒーを飲んだ。彼は、「自分で決断しろ！」といっているようだ。書店の中の喫茶店は、頭も心も緩やかになる不思議な空間であった。

「ここは三やんの古巣だろ……」

と卓さんは話題を探す。

「にがい決断の場所でもあるさ」

新興書店の紀伊國屋書店が、文芸誌『行動』の出版を決断した場所でもあった。薪炭業から書店業に転身した野心家の田辺茂一が、時代を先取りした雑誌が『行動』である。三やんは同人誌『制作』に拠って登竜をねらっていたが、田辺にみこまれて『行動』の初代編集長に就いたのである。

「ここのコーヒーがそうさせたんだ」と三やんはつぶやいた。

「時局は動いている、思い存分にやってくれ給え」という田辺の一言が、豊田の鬱勃《うつぼつ》たる気慨に火を付けた。そして二年、『行動』が総合雑誌として世に認められつつあった時、突如として廃刊の宣告を受けたのも、ここでコーヒーを呑みながらだった。あの時三やんは、商売のソロバンが文学的な希望や野心を軽々と押しつぶす現実の苦さを、いやというほど味わったのである。

「俺の場合、いつも先に結論があって、それに納得できる言い訳めいたことを付けてきた。思えば一人前の人にとって、他人の決断に従うほどの屈辱はない。大きな流れの中で、右の人にも左の人にも「イエスマン」では情けないではないか。卓さんよ、受賞するか辞退するかは、自分で決めることが許されているんだ。どっちを選んでも、天下に恥じぬと、堂々と宣言するチャンスじゃないか」

「だから迷ってるんだ。グチッてるんじゃねえ」

「ほおぅ」と三やんは正面を向いた。

「いい子ぶって、他人さまの意見を尊重するのは、一種の勘ぐりだ。プチ露伴の誇りが泣くというもんだ」

卓さんは身を正した。直立不動の姿勢は、どんな状況にあっても求められる理想の表現かも知れない。

俺は○か×かの自分を言わないで、深刻そうな顔して友にまる投げの相談をしたようだ。

問うて答えを貰うか、答えをもって意見を問うかの違いだ。似ているが雲泥の違いだ。卓さんは直立不動の姿勢で、はっきり腹を決めた。

その時、やあ、と気さくに声をかけながら一人の紳士が近づいてきた。紀伊國屋のオーナー田辺茂一であった。卓さんは潮時とばかり三やんに目くばせして席を立った。

4、〇の応援

夕方、電話が鳴った。受話器から弾んだ井上弘介の声がする。「例の喫茶店にいる」とだけ言って切れた。実は、「芥川賞を貰ったが……」と彼には知らせたのであった。

例の喫茶店「リョウモン」は、帝大の弥生門から大通りへ出る手前の、かつての一高寮の入口にある。出窓が教会風のステンドグラスになっていて、その前の席を指定席としていた。夕陽があれば、異国情緒の色彩がテーブルをやわらかく染める。

思えば十年前、ここに豊田三郎、井上弘介、高木卓らが陣取って、初めての同人誌『制作』創刊の謀議?を語り合った場所だった。

あの時は学士浪人の痩せ我慢も手伝って、『制作』は創刊されたのだ。だから、創刊号が出来上がった時はうれしくて、インクの匂いを嗅ぎながら、委託先をもとめて九段下の本屋を回ったものだ。萩原朔太郎氏からお褒めのハガキが届いて感激したな。評判は上々とばかりに、本郷や新宿の本屋の店頭にも置いてもらった。喫茶店には忘れたふりをして、二、三冊をテーブルの下にそっと置いたものだ。その『制作』も『噴泉』『意識』と脱皮して、今日の『作家精神』にまで成長したのだ。文壇では「苦節一〇年」という常識が、言い得て妙ではないか。花は咲く、枯れすすきにも花は咲く。

とりとめもない思い出にとらわれながら「リョウモン」へ入ると、待ちかねたように、

「おめでとう」

と井上は手を差し伸べてきた。文壇という曲者が撞《つ》く鐘の音は、星の数ほどある同人誌にまで響いていたようだ。

「これで俺たちの『作家精神』も一人前になった。種を播いたのも、花を咲かせたのも高木、お前だ。みんなも喜んでいる」

井上は、謀議発端の場所で、興奮ぎみに笑った。

「こんな嬉しいことは——絶対にない」と力を込めていった井上は「こんな言い方は、日本語じゃないな」といって、興奮をおさめるようにまた笑った。

「実は……あいつには自信がないんだナ。貫録負けのような気がする。大伴家持という主人

公が偉大すぎるんだよ。つまり、『万葉時代』と一括りにして取り組むような代物じゃなかった。力でぶつかれば、倍の強さで撥ね返される。あれ（「歌と門の盾」）が歴史の解釈物としてならば自信がある。が、文学作品としては躍動感が弱い。どんなに鞭を当てても弱いんだな。良さも悪さも俺なりによく分かっている。だから、作家の登龍門と呼ばれる『芥川賞』は荷が重いんだよ。できれば、まだ許されている時間内に辞退したいんだ――」

言い終わらないうちに井上はまくしたてた。

「何言ってる！『作家精神』の「歌と門の盾」と『文藝春秋』の「歌と門の盾」では貫禄が断然違う。『芥川賞』という勲章がそうさせるのさ。一流の選考委員のお墨付きをいただいた作品は、もうお前一人のものじゃない。第三回の『遣唐船』だって、次席なのに『文藝春秋』に転載されたからこそ、世に認められて輝いているじゃないか。もう自信がないとか、躍動感が弱いとかの次元じゃない。それなのに辞退する？　ましてや決定後に辞退するなんて、文壇にとっては前代未聞の大事件だ！　卓さん、甘ったれるんじゃねえ。ヘソ曲がりは偽勲章だぜ」

コーヒーも忘れている井上の友情に、卓さんは絶句した。しばらくして、しんみりという。

「豊田や小暮がこっちにいたら、ふっ飛んできて、ぶん殴ってでもお前のヘソ曲がりの自尊心とやらを叩き直すだろうに――」

卓さんは頭が上がらない。三やんにはすでに会ってるし、彼からも厳しく坊っちゃん判断を責められてきたばかりだ。しかも彼は口では言わなかったが、「歌と門の盾」が載った『作家精神』八月号に書いている。「今後、この『作家精神』から芥川賞を貰う作家がでたら、その時はあの印刷屋のおやじさんを正賓に一杯やりたいものだ」と。さすが、もと『行動』編集長の感覚は敏感にも文壇の風を聴いていたのだ。彼の「もし――」は、すぐに実現する筈だったのに。

そのころ仲間うちで「お頭《かしら》」と呼んでいる編集責任者の小暮亮は、東京を留守にしていた。彼は幾人かの同人をつれて、信州追分の離れ屋で勉強会を開いていたのである。どんな脇芽でも持てる才能は目いっぱい伸ばす、というのが小暮の「文学修業」の信念であった。陰に陽に小暮は同人たちの面倒をみてくれた。お頭とは良く言ったもんだ。

夜おそく、お頭から電話がかかってきた。

「聞いた、きいた！　おめでとう」と、小暮の声は弾んでいる。実は……と卓は口ごもる――。

「実は、――受賞にすっきりしないんだよ。『遣唐船』の時はあんなに興奮したのに……。今回は資料吟味に新味がなくて――この点は先般の合評会で話題になったことだが、それだけに今回は醒《さ》めているんだ。いまさら言うのも愚痴っぽいが、あの作は何となく未熟児のような気がしてならないんだ。だから受賞には半ば自信、半ば反省。天秤にかけちゃ悪いが、僅かに竿は辞退に振れているようだ。ところで、俺が辞退したら、次席の並木君が繰り上げ受賞になるかも……」

途端に、

「バカなことをいうな！」と小暮の怒声が受話器を振動させた。

「ナンセンス！　そんな甘ちょろいことは、絶対にない。抛りあげた金貨は受け止めなければ池に落ちるだけだ。落ちたらもう二度と拾えない。ともあれ、今回の受賞は絶好のチャンスだ。君が実力で摑《つか》みとった勲章だ。未熟児だろうがなんだろうが、もう『作品』として一人歩きしている。あの作品はもう読者のものだ。だから、これからの毀誉褒貶《きよほうへん》に耐えることが、作者の責任というもんだ」

——よく分かってる、と卓は頷く。

「合評会でみたように、同人たちの眼力は芥川賞の選考委員なみに肥えている。君の成長ぶりを、受賞当然とみていた。期待していた。辞退なんて夢にも思っちゃいない——。つまらん思いは他人にいうな！」

と念を押して電話はきれた。卓さんは電話器に敬礼した。

すでに三やんにも井上にも悩みは話してしまっていた。小暮はそれを承知で、なお「他人には言うな」と言ったのだろうか。そういえば、気持ちの整理のつかぬまま、まだ妻には何の話もしていない。文壇に関わる仕事については、これまでもあまり語ってこなかった。自分の胸中だけに収まっているなら、まだ撤回もできるぞ、という小暮の配慮に、卓さんは心で泣いた。

5、妻への土産

妻綾子との結婚は、「お頭」の肝いりで四年前の一九三六年（昭和11）秋であった。

水戸高等学校教授として赴任して五年目である。番町の実家から閑静な水戸市の市田見小路に新居を構えた。綾子が両親からの独立を望んだからでもあるが、卓さんはなぜかホッとした。もし、都落ち？　を嫌って東京住まいを主張したら、親子二代にわたり別居結婚になりかねなかったからである。

というのも、母幸は東京音楽学校教授という仕事のために、夫勝一郎が第二高等学校、さらに第三高等学校教授と転任したのに、とうとう同居せずに今日まで、遠距離別居婚を続けているのであった。

思えば婚約中の昭和十一年八月、第三回芥川賞に「遣唐船」が落選した時は、「綾子さんへのお土産を貰いそこねた」と、悔しがったものだ。それでも平静をよそおって、「遣唐船」の転載された『文藝春秋』十月号を開いて見せた。目次の創作欄に「『遣唐船』＝高木卓」と、大家と肩を並べて載っている。婚約者はコロコロ弾けるように喜んでくれた。この時の笑顔が作家への夢を押したように思う。なのに、今回は妻になんの相談もしていない。釈然としないまま一日がすぎようとしている。長女の育児、次女の出産とあわただしく、妻は今度の作品は読んではいないのだった。それに一家は夫の第一高等学校教授への転任に合わせて水戸を引き上げ、東京四谷荒木町へ転居したばかりである。雑用が多かった。

卓さんは先に『改造』に寄稿した『伯父・幸田露伴』によって、「プチ・ロバン」などと呼ばれるようになっていた。しかし、文壇の話はあまり家庭に持ち込まなかったので、妻は作家・高木卓をあまり知らないようである。今晩も、相談か報告か分からないような話を聴いて「プチ・ロバンさんによろしくね」などと、子どもをあやすような口調で返した。まるで迷いを畏れぬ妻に卓さんは安心した。

6、因縁の太宰君

卓さんは帰りがけに求めて来た『新潮』を開く。太宰治『走れメロス』が、メインを占めていた。

「メロスは激怒した。必ず、かの邪智暴虐の王を除かねばならぬと決意した」冒頭一文を読んだだけで「上手い！」と卓さんは手を打った。たったの三十字で、主人公も主題も明確に読者に訴えてくる。著名な作家でも苦心する冒頭句を、こうもやすやすと乗り切る筆さばき――駿馬を操る名騎手だ。卓さんはすぐに末尾を読む。

「暴君ディオニスは、群衆の背後から二人の様子を、まじまじと見つめていたが、やがて静かに二人に近づき、頬をあからめて、こう言った。「お前らの望みは叶ったぞ。おまえらはわしの心に勝ったのだ」

卓さんは呻《うな》った、――こんなにあからさまに首尾照応させて、作品の重さが疑われないのが不思議でならない。

因縁だなあ、太宰くん。なんぞの時にはいつも君がいる。この度も君のギリシャ古伝説と、私の日本古代史の鉢合わせだ。当然表現の違い、つまり文体の違いは必然としても、敵ながら天晴れだね。私は『歌と門の盾』の冒頭には次のように60字もかけたよ。

「天平十三年も押しつまった年の暮、十三歳の少年大伴家持は弟妹と共に父大伴旅人に伴われて五年ぶりに九州から奈良へ帰って来た」

この冒頭文を、君は天晴れと読んでくれるだろうか。

7、二足の草鞋

文士は読者によって育てられる、とある作家が言ったように、読者評はもっとも強力な応援団といえよう。とくに「同人誌」にあっては、仲間以外の感想や批評は成長のカンフル剤になる。

それにしても、と卓さんは思う。大先輩の漱石の『吾輩は猫である』にしても『坊っちゃん』にしても『ホトトギス』という、ほとんど同人誌と変わらない俳句誌に発表したのに、どうしてあれだけの評判をとったのだろうか。いわば、俳句誌のおつまみを、突如文芸誌に変身させた読者の力を思わずにはいられない。漱石は亡友子規に引っ張られるように、『吾輩は猫である』の連載をつづけていく。あの独特のユーモアと人生観察の哲学は、読者の声援に応えて、一級の文学作品に仕上がっていったのだ。漱石は雑誌の売れ行きが倍増したと聞いて、いくらか子規への恩返しができたと思ったに違いない。

文名が上がるにつれて、漱石は「教師か文士か」の悩みも大きくなった。しかも、小泉八雲の後任として東京帝大の講義「文学論」も熱をおびてきた。留学当時からの持病であった神経衰弱も治まり、学者と文士の二足の草鞋も順調に履けていた。当然ながら「教師も文士も」に自信がでてきたのであった。

この状況をジャーナリズムは見逃すはずがない。まず読売新聞社から招聘の話がまいこんだ。漱石は迷いをふっ切るように辞退した。この決断で精神的に安定した漱石は、次々に作品を発表する。「倫敦塔」「幻影の盾」「薤露行」「草枕」「二百十日」など。見事な二足の草鞋である。先例の軍医総監森林太郎と作家森鴎外の姿と重なる。そうであればあるほど、ジャーナリズムは漱石をほうっておかない。読者の反応を餌に今度は朝日新聞社が漱石招聘に動いた。大坂朝日の鳥居素川、東京朝日の池部三山、はては社長の村山隆平がのりだしてきた。漱石は感激した。三顧の礼に感激したのではない。全国の読者がまっているという一言に感激したのである。教職一切をなげうつに値する仕事だと思う。亡友子規が病をも顧みず日清戦争に特派員として大陸の戦線にまで渡った勇気が想い出される。

漱石は決断し、文士一足の草鞋に飛翔して、世に文豪の名をほしいままにした。「文学博士」号を辞退したのは、作家漱石にとって当然の思いであった。

先輩、漱石先生。

「愛弟子の芥川龍之介の名を冠した文壇登龍門に、やっと手が届きました。でも、私には万福の喜びが湧いてこないのです。あの作品には何かが不足しているように思うのです。全力を尽くしたという産みの苦しみを差し引いても、何かが足りない——偉大なる主人公大伴家持の、「万葉集」編纂という金字塔を描き切るには、素材の咀嚼《そしゃく》が足りなかったのではないかと反省しています。時間不足は言い訳で、咀嚼力の不足、つまり作者の力不足ということになりましょう。大吟醸酒は杜氏《とうじ》の腕次第にかかっているように、読者を感動に誘うのは作家の力量によりましょう。しかし、内容の不満足を才能に求めてもはじまりません。ましてや今度のように、作品が勲章をつけて世に出る以上、どんな毀誉褒貶もどんと胸で受け止めねばならぬ、と覚悟したつもりなのに、先輩のように履き慣れた一足を一足に収斂《しゅうれん》できないこの優柔不断さを悔しく思います。

傲慢と謙虚がメダルの表裏なら、抛って落ちたとこ勝負でもいいでしょう。でも、こんな運否天賦《うんぷてんぷ》の決め方は、一見堂々と見えても、所詮は逃げの一手に過ぎません。やはり責任ある決め方は、自分の意思による決定です。

漱石先輩、先輩が博士号を辞退された心境が分かる気がします。辞退がどれほど重いか、輝かしいか。武将の散りざまに似ているような気がします」

卓さんはようやく藪の迷路から脱出できたような、爽やかな心境になった。

8、輝く辞退勲章

翌日、卓さんは文芸春秋社に菊池寛を訪ねた。

菊池は丸っこい身体の、丸っこい顔のメガネをずりあげて、笑顔で迎えてくれた。

「わざわざと、ご苦労さんだったね」

鷹揚である。ソファーをすすめられたが卓は立ったまま、

「『作家精神』をよろしくお願いします」と頭をさげた。そして、

「せっかくの授賞の件ですが——有難くお受けするところですが——申し訳ありませんが
——辞退させていただきます」

卓は大きく息をついた。ほっとした。よく言えたと思う。

「なにぃ！」ひと息して、

「いや、なぜかね」

と椅子を回転させて菊池はいう。

「あの作は、どうにも本人としては不満足の出来でして、読者におくるほどのものではないような気がしきりです。もし受賞後、読者に不満が残るようなら、芥川賞に疵がつきかねません。芥川賞の権威のためにも、未熟児のような作品の処置は、辞退が一番透明な道かと……」

「――それにしても、私どもの『作家精神』をこんなに目にかけて下さったのに、私の我儘なこの一件によって縁切れになるようなら、本当に辛いことです。御立腹は当然でしょうが『作家精神』につきましては、どうかこれまで通り、よろしくお願い申し上げます」

大御所は戸惑った。全く予期せぬ返事であった。この時、「欲しい、ぜひ私にください、なぜくださらないの」と駄々をこねた例の事件が頭をよぎった。

「そんな事はせんよ。？　？　――辞退は了承した――残念だ、残念だな」

菊池はずり落ちたメガネを直した。いつもの癖だが、そのときの眼光に卓さんは頭が上がらない。

〈菊池寛は激怒した。必ず、かの非常識で我儘な高木卓を懲らしめねばならぬと決意した〉

卓さんは『走れメロス』の冒頭部に、いまの瞬間をはめ込んで、腹の底に呑みこんだ。

昭和十五年（一九四〇）七月三十日、第十一回芥川賞は「該当作品なし」と発表された。

そして半年後の第十二回芥川賞は桜田常久の「平賀源内」が受賞した。「歌と門の盾」と同じ同人誌『作家精神』の掲載作品であった。卓さんの心配は杞憂《きゆう》であった。

さて、第十一回の選考委員の殆どの人が、卓さんの受賞辞退を「自らの意思」として、受け入れている。選評には、

○、「高木氏が省みて授賞を辞退されたという報をみて、氏の自ら知る明に敬服し、氏の自負に対して当選以上に尊敬したくなった。（佐藤春夫）

○、「高木氏が芥川賞を辞退された――しかし、一たび「芥川賞」の刻印を打たれたら、斯く公のものゆえ、それは却って芥川賞の色が濃くはげないことになる。（室生犀星）

○、「今回高木氏が辞退されたことは、事情の如何にかかわらず残念だった。辞退の理由は知らないが、もし、自作についての謙遜とすれば、それはお互にきりのない事であって、私等も他人の作品の選考など出来たものではない。

しかし、一旦発表した作品は、他人がどう扱おうと、勝手にしろと考えて、賞を受けることもある。（川端康成）

『歌と門の盾』は、『遣唐船』の作者としては失敗作であるばかりでなく、凡作である。されば、高木氏がこの小説に対して芥川賞を辞退したのは賢明である。（宇野浩二）

委員の中心にいた川端康成と菊池寛は、辞退は作家として我儘だと批判した。

無理もない。あの日の選考会は、全体として積極的に推す作品もなく、今回は該当作なしと曇天の雰囲気になりかけた時、菊池寛の強烈な推薦の声があった。「――同人誌に埋もれさすべき作品ではない」と第三回の『遣唐船』の推薦と同じ声であった。つまり、前作『遣唐船』の力量と併せての授賞という意見である。この鶴の一声で授賞が決まったといういきさつを思うと、菊池は煮えくりかえる気持ちであった。

「してやられた。辞退によって彼を受賞者以上に有名にしてしまった」と呟いた。そして暴発ぎみの気持ちをこらえて「話の屑籠」に書いた。

「こういうもの（賞）は素直に受けてもらわないと困る。辞退によって選者の鼎《かなえ》の軽重を問われてはたまらん」

さらに「彼を受章者以上に有名にしてしまった」とも書いて鬱憤をはらしたが、実際今日でも作品『歌と門の盾』は埃をかぶっても、芥川賞辞退作家の勲章は色褪せることはない。

四章・学徒兵と白紙召集

1、学徒出陣

明治神宮外苑競技場は、すでに六万五千人もの人で埋め尽くされていた。秋雨前線が泣きだして、細かい雨が降りしきっている。

昭和十八（１９４３）年十月二十一日。国家的イベントとも呼べる「出陣学徒壮行会」が始まろうとしていた。入場門に続くスタンドには「女子挺身隊」の鉢巻をした乙女たちの姿が、ひときわ目をひいた。

場外には数十人ずつの学生群がたむろして、足踏みをしたり、号令をかけあったり、むやみと帯剣を鳴らしたりしている。金ボタンの学生服に脚絆を巻き、編み上げ靴に帯剣。そして雨から護るように抱くのは、三八式歩兵銃であった。その銃身は磨きあげられ、鈍く輝き、これから始まるイベントを待ち構えているようだ。

東京帝国大学をはじめ都下、神奈川、千葉、埼玉県下七十七校の学生群は、いま国家の一つの意思に飲みこまれようとしていた。「学徒出陣」である。

二年前に突入した太平洋戦争は、当初は赫々たる戦果であったが、次第に厳しい戦局となっていた。軍需物資の不足はついに人的資源の不足にまで及び、これまで温存されていた学生たちにまで及んだのである。

つい二十日ほどまえの十月二日、緊急勅令によって、学生の「満二十六歳までの徴兵延期」制度が一気に破棄されたのである。

しかもその実施はまことに緊急であった。すなわち、十月二十五日〜十一月三日までに本籍地で身体検査をうけ、十二月早々に陸・海軍に入隊せよというものである。勅令に有無はない。時の岡部文相が軍に学生を売ったという非難は、後の史家の批評であって、目前の国家存亡に際しては、学生たちこそ残された最良の戦力であった。学生たちは学問に未練はもつが、動揺はしなかった。この時出陣対象となった学生は、全国で約二十万人と推定されている。

彼らは校旗を中心にまとまり、雨除けカバーを外した銃の手入れに余念がない。三八式歩兵銃という、二十世紀初頭に制式化された古い型の銃床に頬を当てて、沈痛する者もいる。ここには菊の紋章が刻印してあった。――義務づけられた軍事教練で何百回も肩にした友である。

秋雨は容赦なく降り続いていた。

午前九時二十分。正面スタンド前の戸山学校軍楽隊の演奏が始まる。勇壮な「抜刀隊行進曲」が流れると、場内六万五千人の大観衆は一瞬呼吸をとめたようだ。

「分隊、前へ！」　分列行進が始まった。

東京帝国大学の校旗を先頭に、角帽姿の学生が巻脚絆をつけ、着剣した銃を肩に整然と入場してきた。一歩である、一歩一歩である――グランドの雨滴が跳ね、銃身が雨に光っていた。

七十七校の入場行進は五十分に及んだ。送る者も送られる者も、個人的な感情を捨てて、お国のため、大君のためという興奮と緊張の中にあった。

文部省主催の「出陣学徒壮行会」の式典が始まる。まず、東條首相が壇上から祝いの訓示を述べる。

首相はいつにもました威厳の口調で学生たちに呼びかけた。

「かつて藤田東湖先生が『生気の歌』を賦して、その劈頭《へきとう》に『天地正大の気、粋然として神州に鎮まる』と申されたのである。只今諸君の前に立ち親しく相見《あいまみ》えて私は神州の正気燦然として、今茲に集結せられて居るのを感ずる。――」

学生たちは一斉に頷いたようにみえた。学生で「正気の歌」を知らない者は誰もいない。──思えば、遠い南宋時代、元軍との戦いに敗れ、捕えられたが節を曲げず、処刑された文《ぶん》天祥《てんしょう》将軍が、獄中で詠んだ直線明澄な五言の古詩である。くだって日本では幕末、水戸藩の藤田東湖が、尊王の気を鼓舞するために、この文天祥の詩に和してつくったものである。

壇上の東条首相は、いつもの雄叫び調をぐっとおさえ、胸からほとばしる荘重なトーンで呼びかけた。さすが群衆掌握の名手、冒頭一句で学生たちの心を摑んだのである。学生たちは直立不動の姿で次の一句を待った。

「──諸君のその燃え上がる魂、その若き肉体、その清新なる血潮、総て是れ大御宝なのである。この一切を大君の御為に捧げ奉るは、皇国に生を享けたる諸君の進むべき只一つの途である。諸君が悠久の大義に生きる唯一の途なのである。諸君の門出の尊厳なる所以は実に茲《ここ》に存するのである」

くどいほどの説得調であるが、学生たちの心は次第に熱く高まっていった。

次に壇上に立った岡部文相は、

「諸子の心魂には三千年来の皇国の貴き伝統の血潮が満ち溢れて居る。諸子が必勝の信念の下にあくまで健闘を続けられんことを祈る」と激励し、次の一首を餞《はなむけ》とした。

海ゆかむ山また空をゆかむとの

若人のかどでををしくもあるか

かくて式は進行し、参列者代表の「壮行の辞」が、慶応義塾大学学生奥井津二によって送られた。

「吾々は諸兄とひとしく既にして選ばれたる学徒であるとともに、立派な兵士であることを自負するものであります。どうか諸兄元気で征ってください」

最後に、出陣学徒代表として、東京帝国大学文学部学生江橋慎四郎が前に進んだ。この時不思議にも雨がやんだ。彼は角帽のひさしに手を添えて威儀を正し、出陣学徒全員の意中を込めた巻紙をひらいた。

「近く入隊の栄を荷い、戦線に赴く生等《せい》のため、斯くも厳粛盛大なる壮行会を開催せられ――」

江橋の声は朗朗と場内に響いた。

「生等もとより生還を期せず、在学学徒諸兄もまた遠からずして生等に続き出陣の上は、屍を乗り越え乗り越えて邁往敢闘《まいおうかんとう》以って大東亜戦争を完遂し上辰襟《かみしんきん》を安んじ奉り、皇国を富岳の泰きに置かざるべからず」

一瞬、静寂の後、拍手と嘆声の渦が湧いた。胸を抱く女子学生の姿もあった。

卓さんは場外に残っていた。東大分隊が入場門をくぐって行った時の、あの顔もこの顔も教壇から語りかけた顔だった。現実離れしている今日の壮行会には、寄りそうに忍びなかった。

水戸高校から第一高等学校教授に転じてまだ三年だが、文学部志向の学生たちは、卓さんと呼んで親しんだ仲だった。何時から「安藤先生」から「卓さん先生」に変わったのか、はっきりしないが、卓さん先生が通常化していた。それだけに今日の学生引率には、割りきれない心情があった。卓さんは引率を配属将校にまかせて、場外に残ったのである。スピーカーからながれる江橋慎四郎君の「答辞」も、非の打ちどころのない堂々たるものだ、と感動をもって聞いていた。自分が好んで書く「歴史もの」でも、主題は個人と国の関わりであり、国と国との争いなどである。戦いには勝たねばならぬ。いや、勝たねば歴史は輝かない。

卓さんは山高帽に溜まった雨滴を振りおとした。今日は国防服で来ている。この服は自分には似合わないと思っていたのに、身を包めば気分もそれらしくなるものだ。

十一時十分「天皇陛下万歳」で式典は終わった。学生たちはそれぞれ母校の校旗を先頭にたてて市内行進に移った。——ああ、玉杯に花うけて、緑酒に月の影やどし……、東大を象徴するのはやはり一高寮歌であった。

ちなみに、学徒たちは十一月三日までに本籍地で身体検査を受け、陸軍は十二月一日、海軍は十二月十日に入隊と決まっていた。

東京帝国大学では、十一月十二日に安田講堂で、全学壮行会を盛大に催したが、どうした事か答辞をよんだ江橋君の姿がなかった。

2、白紙召集

卓さんは自宅に戻り、濡れた国防服を着替えて池袋に向かった。『作家精神』同人会の定席である「おめんや」には、もう三やんが来ていた。

「やあ卓やん、今日はご苦労だったね」

顔をみるなり彼は気さくに呼びかけた。

「三やんに会えるんで我慢できたんよ。まったくひどいもんだった」

二人は東大独文科の同級生、つまり幼馴染みの間柄だが、それでも卓さんは三やんを文学の師と仰いでいる。

物資統制で酒も肴も乏しくなった日頃だが、それはそれで馴染みの親父は黙っていつもの肴を付けてくれた。熱燗が二人を元気付けた。

「俺も後輩を激励したかったんだが……」と言いかけて三やんは口をつぐんだ。卓さんの悲しげな視線が複雑だった。

「——いや、俺は『生らもとより生還を期せず』といった奴の顔を見たかっただけだよ。帝大生でなくちゃ吐けない言葉だからな。帝大生の答辞だから気障《きざ》でも皆は歓喜し、拍手を送ったのさ。彼らは戦争を知らないんだ。現実の悪魔を知らないんだ」

「もとへ！なーんてしなくてもいいんだよ、三やん」

「分かってるよ、彼らだってみーんな知ってるんだ。犬死にしたくないから大学に進んだんだ。それが急転直下、たった一行の勅令で希望の明日がむしり取られてしまった。呆然を通り越して、やけくそにもなるというもんだ」

やけくその片棒かついだのは俺だ、と卓さんは出かかった言葉をのみこんだ。

「死を軽々しく言葉にしてはいかん。言葉には『コトダマ』がある。死を言う時には生を考えよ」などと、言い続けてきたのだ。「戦争とは、敵の死を見て、自分の生を考えるものだ」と、戦場の死生哲学を利いたふうに語ってきた自分ではなかったか。皮肉ながらこれは、教壇の安藤熙が言ったものか、作家高木卓がつい口を滑らせたものか。学生たちの判断に任せよう。

卓さんは学内では公人として安藤熙を通している。しかし学生たちの多くは「卓さん」とよんでいた。高木卓のペンネームがこれほど慕われ、本名を超えるとは思いもよらなかった。――一昨年第一一回芥川賞を辞退した時、菊池寛が「辞退によって彼を授賞以上に有名にしてしまった」と捨て台詞を吐いたが、ほんとにそれ以来高木卓の名が輝きだしたようである。さらに、辞退者の栄誉は学生たちにも「卓さん」と親しまれることになっていった。

ちょっと話が途切れた。三やんは例の無口の世界へ――つまり陶酔の世界へ浸りそうだ。卓さんは三やんに聞きたいことが山ほどあった。身をよせて囁く。

「三やんはいい時に還ってきたな。今日征く奴、明日征く奴が多いというのに……」

「うん、お務めが終わったって感じだね。こういうご時世だ、一度は「お国のために」という格好もつけなくちゃね」

――お国のためか。出征兵士を送る時、小学生が日の丸の小旗をふりながら歌う歌だ。お国のための人材を育てる大学教官として、兵役を免除されている卓さんは、事ある毎に後ろめたい思いをしてきた。俺は大学教官、三やんは在野の作家。だから三やんには無作為な「白紙召集」がきたのだ。身体検査で「だらしのない肺ですね」と診断されても「大丈夫です」と三やんは、胸を叩いてフィリッピン方面へ出征していったのだ。

「『白紙召集』にはびっくりというか、複雑だったたな。何で虚弱な俺が?という半面、俺も国が認める一人前の作家になったか、という自尊心めいたものも感じたよ。本音が言えないご時世だ、だから黙って、笑って征ったんだ。なかには身体の不調を訴えて、なんとかのがれようとする奴もいたけどね。俺は肺の病を隠した。ひょっとしたら戦場で立派な顔して、立派な死に方ができるかも――」

複雑だった心境を三やんは振り返っているようだ。

「芥川賞の小田嶽夫、寒川光太郎、直木賞の海音寺潮五郎、井伏鱒二なども一緒だった。会場に姿を見せていた太宰治は、とうとう白紙から逃げちゃったよ。卑怯者と臆病者の違いだね」

三やんは噛んでいたスルメを呑みこむと、低くつぶやくように歌った。

――《ドイッチェランド・ユーバー・アレス》（世界に冠たるドイツ）例のあれだ。ハイドンの曲は美しい。自然に肩を組みたくなる。

「俺は今日『赤紙』でも『白紙』でもない『徴兵という兵役義務』につく若者たちを見送ってきた。今日まで誇り高き帝大生だった彼らは、旬日を経ずして兵士になる。そして半年も訓練すれば、一小隊を率いる指揮官として戦場にたつことになるだろう。若く、壮健で、一直線に純真な彼らは『醜の御楯』などという、万葉時代の言葉を信じて疑わぬ兵士に成長するのが手にとるようだ。俺はなんだか命をもてあそぶ悪魔の手先になったような気がする」

「グチはよせ！」

三やんは目をぎょろりと光らせ、黙って手酌でついでいる。この場所だけが真空になったようだ。

「前線はそんな綺麗事じゃない。将も兵も自分だけの命で戦っているんだ。生命を守るのは断固として自己責任なんだ。生きるか死ぬかではない。『生きること』が絶対選択なんだ。知ったフリではなく裸の『生命』と向き合ったんだ」

卓さんはようやく解放されたと思った。


物資愛護を理由に同人雑誌は『現代文学』一誌に集約され、思想統制が本格化していた。その紙面に本多秋五は堂々と「戦争と平和論」を書いた。ある号に召集派遣作家たちを慰問する特集が組まれた。北原武夫へは井上友一郎が、武田麟太郎へは牧屋善三が、そして豊田三郎には高木卓といった割り振りである。卓さんは機械的に割り当て字数を埋めた。

「私はニュース映画で、ビルマの民衆が日の丸の小旗を振って日本軍を歓迎している姿をみた。君からの軍事郵便も受け取った。新しいニュースのなかに君の姿が写っていたと仲間達の話題になっている。君は汗まみれの詩人だ。元気で任務の遂行を祈る」

我ながら、なんともおためごかしの文章で、三やんは一言も触れないが、まったく赤面ものだ。

3、行軍＝文学報国会

三やんは任務一年あまりで帰還した。すぐに帰還作家などと呼ばれてペンをとったのが「行軍」である。掲載誌『新潮』は八十頁の薄さになり、定価は五十銭であった。

『行軍』は美しい風景描写で始まる。

「三名の宣伝班員と数名の従軍記者たちは岸の白い砂丘に座って、牛馬群を河へ追いこむ泰人の働きぶりをながめていた。

牛は角をならべて、水面すれすれに脅えた眼を張りひらき、懸命に泳いだ。

対岸にはまだ砂丘がひろがり、梅本小尉と兵隊たちがいそがしげに行軍の準備をしていた。ようやくかりあつめた牛車や牛馬や苦力《クーリー》たちにはまだ全く秩序がなかった」

日本から数千キロ、異国の戦場に向かう行軍の緊張は、このようにのどかに描かれている。戦場体験など全くない読者をひきこむペンのマジックだ。

「生きて還ってきたからいうんじゃないが、戦場へ行ったことで一回り大きくなったな。白紙召集もまんざらじゃなかったということか」

　卓さんの言葉に三やんは照れた。

「実はオレ、戦時通信は一行も書かなかったんだ」と三やんは振り返る。

「行軍で泰・比国境を越え、生々しい戦場もみたが、一発の弾丸も、一回の抜刀もしないいま、任務ご免となって還ってきたんだ。自分の血しぶき、死との直面の危機、生命本能の緊迫感など、報告できる体験などなに一つしていない。ただ、『死に還元される戦闘』という事実を知ったことだけた。自分の存在にさえ疑問符をつけるという不可解な体験だったよ」

　行軍経験などもたない卓さんは、奇妙にも半世紀も昔の日清戦争に、新聞『日本』の特派員として中国大陸に渡った正岡昇（子規）の従軍記者姿をおもいだしていた。彼は一行の戦線記事も書かずに帰還したが、子規本人にしては人生の大事件であった。

　子規は帰還の船中で大喀血をおこし、半死の状態で舞鶴国立病院へ担ぎ込まれるという失態であった。おりしも親友夏目金之助（漱石）が松山中学の教師として赴任していたので、漱石の家で静養して、なんとか健康を回復したのであった。

「――あっしが大陸まで渡った唯一の収穫は、軍務の隙間に、軍医総監として戦場に在った森林太郎（鴎外）と文学革新について語り合ったことだ」と述懐している。

　そういえば、漱石も子規も、伯父露伴も、同じ慶応四年（一八六八）生まれで、文字どおり幕末の志士の流れを継いだ男たちである。

「俺は派遣作家として南方へ向かう船中で、十二月八日の『対米英の宣戦布告』を聞いたんだ」

と三やんは呟いた。米英戦争の突入とともに、三やんの「行軍」の助走は始まったといっていい。

軍艦マーチにのって報道される戦果は、華々しい勝利の伝達であった。実際に南方戦線の戦果は偉大であった。兵隊三部作のベストセラー作家火野葦平も、三やんと同じく白紙召集されて、フィリッピンのバターン作戦に従軍していた。

一回り大きくなった三やんは、珍しく文壇の棲み分けに文句をつけた。

「大御所は時局のバッターボックスにも入らず、ダックアウトで観戦ときたな。火野葦平はフィリッピンから還るとすぐ朝日新聞に『陸軍』の連載を始めている。長編の模様だ。俺も刺激をうけたよ。ひきかえ谷崎大御所は『細雪』が連載中止にさせられるや、黙ってダックアウトに引き上げてしまったじゃないか。大家の風格だろうが、国民全体を見下す態度が気に入らねえ。そして『源氏物語』の現代語訳に没頭する——毛虫のような擬態じゃないか」

タイミングよく老主人が熱燗をはこんできた。

「ま、そんなに憤慨するな」と卓さんは三やんに酌をした。

戦争を抜きにしては何事も考えられない今日、召集を回避した太宰治は「諸国話」などを書き、露伴などはこれ幸いとばかり、芭蕉の『俳諧七部集』の評釈に没頭していた。

二人とも久しぶりに酔った。文壇一軍の人物か、二軍のエースかは別として、文学に携わる全員が大きな網の中にいることは、かえって事を語るには都合がよかった。

「社団法人日本文学報国会」という得体の知れない団体が去年（昭和十七・五）発足し、文学活動に関わっていた三千数百名がひと束に括られた。卓さんも三やんもこの小説部会に属していた。

ところで、と卓さんは三やんを見つめる。

「今日の壮行会に押されて戦場に行く者と、無事に還って来て、その体験を作品化しはじめた三やんとの接点はどこにあるんだろう。ごくありふれた言葉でいえば、登山しなければ、下山はない――」

三やんは目を剥《む》いた。本気のガチンコ勝負だ。

「俺が死ななかったのはな、うん、俺にふさわしい死に場所がなかっただけよ。ふさわしい死に場所なんてそう簡単にあるもんじゃない。犬死になんて言われないために、俺は一年間汗にまみれて歩いた。悟りを求めたのでもない。自分が納得できる死に場所探し――」

三やんは遠くジャングルを想うのか、ひと息ついた。

「――行軍なんてそんなもんよ。俺が『行軍』で書きたいのは、山頂を極めずに途中下山した者の、なんというか、もやもやした敗北感の整理なんだ。勇者ではないが、臆病者ではない。銃弾に身をさらしながら、本能的に生きた人間の姿だ」

卓さんはなにかしら自分が卑小な者に思われた。そんな自分が出陣学徒と帰還作家の間にいるのが不遜にさえ感じるのだった。

火野葦平の『陸軍』が、十八年五月から朝日新聞に連載され始めた。三やんが先を越されたかと悔しくて、速達便で従軍記執筆の催促をしたら、「満を持して、乞う期待」の返事がきた。安心したよ。そしてまもなく、『新潮』七月号に『行軍』が載った。「豊田三郎」の名前が輝いて見えた。

「茶化すな。俺はただの帰還作家、彼は時めく流行作家、わけが違う。彼の兵隊三部作は一三〇万部も売れたベストセラーだ。だがな、火野が『陸軍』を書くのも、俺が『行軍』を書くのも、作品の縦軸は同じだ。兵隊も国民も目標を失ったら、野良犬と同じだ。俺は、卓さんのいう『行軍兵士の向上門』を全力で書くよ。積乱雲のように確実な存在として描くよ」

二人は拳をぶっつけあって哄笑《こうしょう》した。でもありていに言えば、向上門のずっと先に続いているはずの「向下門」とは、まぼろしのように不可解な存在だった――。

三やんの『行軍』は、『新潮』連載後、十九年二月に金星堂から上梓された。そして第一回「文学報国会小説賞」を受賞したのである。

ちなみに、この会は終戦と同時に解散したので、「文学賞」は一回限りの肩身の狭いものになってしまった。

また、火野葦平の『陸軍』は、今次大戦の主要作戦を余すところなく書ききった長編で、戦意高揚のために刊行準備が進められていた。因縁めくが、その刊行予定日が昭和二十年八月十五日だった。当日朝日新聞社内に積み上げられたインキの臭いもま新しい『陸軍』は、「終戦の詔書」を聞くやいなや焼却炉に自爆させられ、火野葦平は必死の形相で「向下門」を駆け下りたに違いない。

4、文人楽の芽

「おめんや」の親父の特別なはからいで、二人はすっかり酔った。卓さんは俄かに雨中の「壮行会」の疲れに襲われた。あの頃はと、取り留めもなく想い出す。

卓さんも三やんも昭和改元の年に旧制高校にはいり、昭和五年（1930）に学士として東京帝国大学を卒業した。

二人は明治四十年生まれ。だから改元は「大正・昭和」と二度目だが、大正への改元の時はまだ幼年期だった。だから『百姓昭明、協和萬邦』という『書経』の一節に由来する「昭和」への思い入れは強い。

改元早々、世界恐慌の津波が日本を襲った。田中義一内閣は背に腹は代えられず、現代版徳政令ともいえる、三週間のモラトリアム（支払い猶予）を発動した。特に農村の苦しみは深刻で、「娘を売る物語」が、現実的に見えたほどである。失業者は四十万人ともいわれ、帝国大学生の就職率も30％といわれた。（これは高等教育進学率7％からみれば、驚くべき数値だ）エリートたちも夢見る自画像が描けなかった。

三やんの同人誌発行の思いは、こんな状況の中で熟していった。

文学でもやるか、ではない。文学しかこの時代閉塞を打ち破ることは出来ない——才能や資質に負うところが大きい文学を、なぜ飯の食えないこの時にやるのか。いや、いや、こんな時だからこそ、自分を赤裸々に語れる文学を志すのも、男甲斐というものだ。ペンの力こそが世の中を変えることができるんだ、と熱っぽく三やんは語った。その口吻《こうふん》に呑まれたように、卓さんをはじめ川瀬淑子、井上弘介たち八人が三やんのまわりに集まり『制作』同人を組んだ。理屈なしに自分の思うところを制作する、という三やんの説得力が実を結んだのである。

学士浪人の嫌味を避けて、卓さんは大学院に進んだ。そして三やんのお説に従って小説修業に励むことになる。

根が生真面目な卓さんは、専門以外にも幅広く教養をひろげてきた。興味を持ったピアノを中心とする音楽への関心は、母親譲りだろう。日本の古典への憧憬は伯父露伴につながるDNAかも。身内に幸田延や露伴という師がいたことは、最強の環境だった。父親は英語研究の泰斗であるのに、卓さんがドイツ語に向かったのは、ホフマンからワーグナーにつながる音楽にとり憑かれたせいであった。とくにドイツ音楽の華といえばオペラであり、ワーグナーである。ともあれ、卓さんは「ドイツ語」と「国語」の中等教員資格を得て卒業した。

まもなく卓さんは文部省の嘱託になった。嘱託といえばその道の専門をいかした仕事と思っていたが、これという特命がない。卓さんは手早く仕事を片づけると、普段は空き部屋になっている応接室で、好きな音楽の勉強を始めたのである。母も伯母もドイツ留学で汗を流したという、「楽曲法」の独学である。

応接室は省内の貴賓室と呼ばれるだけあって、豪奢な造りだった。卓さんは何時来訪者があってもいいように、衝立ての陰の控え机を使わせてもらった。衝立てで仕切られた小さな空間が書斎じみて、満点の居心地である。

卓さんは図解例のある対位法や和声の参考書を開く。卓さんは伯母延から正確な鍵盤音階を叩きこまれているので、曲の流れはすぐ理解できたが、それが組み合う和声や、混成する対位法は、独学ではなかなかの難関だった。卓さんは伯母の作曲した「奉賛歌」を教材にして、対位や和声を身につけようと懸命だった。

卓さんは自分を丸ごと包みこんでくれるこの隠れ書斎が気に入った。五線譜の音階を確かめ、指で窓枠を叩いていると、ごく自然に作曲家の心境になれた。これがワーグナーの心境だ！　と卓さんは思う。ワーグナーは王室お抱えの楽師だが、自分を主人公にした作曲に専念している。ワーグナーは自己表現が完璧にできたとき、聴衆を感動させる音楽がうまれると信じていた。ゆえに彼は、王に願って自作上演のために、専用の祝祭劇場を造ってもらう。その豪華な殿堂が歌で満ちるとき、王の偉徳はあまねく民衆に及ぶとワーグナーは信じていた。これは空想ではなかった――『ニュルンベルクのマイスタージンガー』を見よ！

卓さんは窓枠を鍵盤にみたてて緩急自在に叩きながら、ワーグナーの興奮を思っていた。

「オペラを創ろう。生涯かけても、自詞自曲のオペラを創ろう」

卓さんはワーグナーが編み出した「半音階和音」を何とかして採りいれたオペラを創ろうと、武者震いするのだった。卒論で苦労した「ワーグナー論」が、楽しいオペラ創作に続いていくように思えた。

この熱い思いはその後長い間卓さんの懐に熾《おき》のようにしまい込まれたままだった。そして、この熾が灰を払って自詞自曲の『神代ものがたり』が創られるまでに、実に四十余年もの歳月がかかることになる。

5、戦場のリルケ詩集

一方、三やんはビルマ戦線の行軍体験を想い出していた。今日、神宮外苑を整然と行進した学徒たちも、きっと命をかけた戦線の行軍に参加することだろう。

南方方面の戦況に一喜一憂している隙間に、アメリカ本土に最も近いアリューシャン列島の「アッツ島守備隊が玉砕した」というニュースが飛び込んできた。全国民が耳をおおうニュースだったが、多くの人はアッツ島がどこに在るのかさえ知らないのだった。

その後の情報によれば、五月十二日、米軍は空・海・陸の三軍で一挙に猛攻を加え、上陸してきた。日本軍守備隊は山﨑保代大佐以下二五七六名。死力をつくして防戦したが、ついに五月二十九日に全員玉砕したのであった。圧倒的な兵力の差であった。

また、隣のキスカ島守備隊もまったく孤立無援となったが、幸運にも濃霧にまぎれた撤収作戦が成功し、全員無事に帰還できたのであった。

「欲しがりません、勝つまでは」は小国民の合い言葉となり、〈七つ釦は桜に碇〉とリズムにのる「荒鷲の歌」が国民の愛唱歌となっていた。

このような状況の中に登場した三やんの『行軍』は、主人公が兵卒ではなく、宣伝班員田宮の「マンダレー作戦」に参加した行軍記録のかたちを採っていた。

田宮はタイ・ビルマ国境の山岳地帯を、兵士たちと同じ歩幅で、同じ岩を踏んで進んだ。ぼうぼうに伸びた髭面が、異国の戦場を証明していた。彼は路傍に捨てられた屍をみた。敵機の機銃掃射には、ジャングルの巨樹に隠れて生き延びた。その時の、人間と屍との境界感情を、「生気あふれて手をふっていた若者は、一〇分後には美しい白骨のかけらとなる」と、美しすぎる文体で描写する。田宮は生きている証拠にと『リルケ詩集』のページを開く。と、その周囲だけが、学生時代から大切にしてきた、詩の空間となった――。

自分のいとしい生命をふり捨てるほど／私を愛してくれるのは誰だろう
私のために海に溺れ死ぬ者があれば／そのとき私は石から解放されて／略・(立像の歌)

リルケから離れて、田宮はマンダレー攻防戦の最後の戦闘を眼前にする。

敵は丘陵地に壕やトーチカを築いて陣を固めていた。友軍は散兵線に展開して、匍匐前進で迫る。機関銃がうなって草原に弾丸が突き刺さる。突然スピッツファイアー戦闘機がゴム林の梢すれすれに現れて、ダダダダと機銃掃射して飛び去る――。友軍の榴弾砲が一斉に火を噴いた。援護射撃だ！　戦闘だ！　迷彩色の戦車隊が猛然と最前線に進撃して行く――。田宮は自分に与えられた使命を思う。リルケの詩の一行ではない。覚悟を決めて観る戦闘の記だ。――わが墓はサボテンの野だ、と呟く。

ここでの戦闘は勝利に終わった。が、多くの負傷者たちが後方の野戦病院へ運ばれた。

精鋭部隊が一気に渡河し、市街地に突入した時には、敵はすでに退却した後で、街は一面の焼土だった。大本営の企んだ南方進出の拠点、マンダレー作戦は、あっけない幕切れだった。

田宮は通りいっぺんの戦記しか送れなかった。しかし、この体験は何時の日にか「作品」として残さなければ意味がないと心に誓った。読者が共通体験出来る「行軍」でなければ、自分をおとしめることになるだろう。若いきざな班員が、木陰で人知れず報告原稿を破り捨てるのを見た。

「おめんや」は、静かに更けていた。卓さんも三やんも、ここではつい気をゆるしてしまう。

「同人雑誌がみんな潰されちゃった」

と卓さんが呟いても、三やんは上の空だった。

「もう同人雑誌うんぬん、つまり文学修業などといっちゃいられない時局なんだ」

とヤケに力んでみせた。三やんはビルマ戦線で、あっさり文学青年の衣を脱ぎ捨ててきたのだろう。

「物がないからな」

と三やんが呟く。卓さんはトーンを高めた。

「モノじゃない、人がいないんだ。人材がいなくなっちゃう」

今日の学徒出陣をみたか、と目でいう。

「あハハ……。人も物もだ。——いや心もだ」

三やんは不意に流行の予科練の歌を歌い出した。

若い血潮の予科練の　七つ釦は桜に錨……。

その通り、と卓さんも唱和する。そして二人は抱き合って、他愛なく別れた。

追っかけるようにして十二月、全国の銅像や仏閣の梵鐘まで、根こそぎ非常回収されたのである。人も物も心も国家総動員の坩堝《るつぼ》に抛り込まれたのであった。

五章・はるかなる山河に

1、玉音放送を聴く

焼夷弾に焼きつくされた東京の街に、春が息吹いた。焼かれて棒ぐいのようだった街路樹が芽をふいたのだ。三月十日の大空襲から二カ月ぶりの生還だ。傍らの手造りの防空壕に住む人は、あたかもミノムシかヤドカリのような生活を改めて振り返った。その日、一九四五年八月十五日は、虫のような生活にも奇跡の緑にも、太陽はギラギラ照りつけていた。

大学構内は四月から無人に近かった。いや大学だけでなく中学校以上は「決戦教育措置要項」によって勤労動員となり、国民学校初等科以外は授業が停止されていたのである。東京帝国大学とて例外ではなく、わずかに理工系の特殊研究科や医学部などが講座を持続していたに過ぎない。外国語は敵国語として禁止された中で、同盟国のドイツ語だけはかろうじて許されていたのである。

卓さんはゼミ指導が終わると、学生たちが勤労動員されている工場の巡回にでかける。激励名目の一種の検閲である。すでに大規模な軍需工場は、小さく分散されて疎開していた。

卓さんが担当していたN飛行機工場は、八王子郊外の浅川地区に造った大規模な地下壕に疎開していた。


今日八月十五日は、浅川地区の巡回日であった。

浅川は国鉄の中央線が西に向かって真っすぐに走る突き当り、山梨県境の位置にある。自宅からはたっぷり二時間の距離である。卓さんは国民服にゲートルを巻き、雑嚢と水筒を十字に懸けて家を出た。出がけに「本日の正午に重大放送がある」とラジオがくりかえし放送するのを聞いた。

――重大放送？　卓さんにはおよその見当はついていた。八月に入ってから広島と長崎に続けて落とされた新型爆弾の破壊力の凄さを報道で知らされている。ひそかに囁かれる敗戦の屈辱。卓さんはその筋からの情報をあわせて、もはやと観念していた。「重大放送」との距離を縮めるように浅川に急いだ。物資不足、電力不足のなかでも、さすがは大動脈の国鉄、時刻表通りに走っていた。

地下工場の事務室に着くと、すっかり馴染みになった配属将校が「正午に玉音放送がある」と囁いた。玉音放送？――思ったとおりの筋道か。そういえば、いつもは唸りをあげている機械音が全然しない。なぜこんな大事に気づかなかったのか、と卓さんは自分の迂闊さを責めた。

「みんなは外の倉庫前の広場に集まっています。そこで揃って玉音放送を聞きましょう。係がラジオの用意を急いでいます」

係の者に急かされて外に出る。眩しい真昼の太陽。貼り絵のような白い雲。甲州へ連なる山なみが、屈託もなく美しい。広場にはすでに大勢の人が集まっていた。動員学生たちも、学校毎に集まっていた。若者はわずかで中高年が多い。この地下工場に移ってからも、中心となる若者が次々と出征してしまった結果である。「若い熟練工がみんな兵隊に採られちまって……」と組長がぼやくのも無理はない。

倉庫の扉が開かれ、メガホンの男が怒鳴っている。

「――各組は一本。分散班は班ごとに一本。恩賜の酒だ。大切に拝受せよ」

何と、木箱から取り出した一升瓶が配られているではないか。玉音放送といい、恩賜の酒といい、ここに集まっている多くの人は、それぞれに明日を思って沈痛な表情であった。今朝まで昼夜兼行で唸っていた機械は停まり、呆然とした人間の集団であった。「阿南陸軍大臣が自刃した」と誰かが新聞記事を披露した。人々は暗い連想に捉われた。

急にラジオのスイッチがはいった。雑音がひどい。そのとき「全員整列！」の大声がかかり、人々は粛然となる。配属将校がゆっくりとりんご箱を利用した急造の演台に立った。そして軍刀を捧げつつ「畏れ多くも――」とおごそかに言った。みんなは直立不動の姿勢に改める。

「本正午より玉音放送がある。心して拝聴せよ。なお、開始と解散の訓示は省略する」

――正午の時報が鳴って、いつもの「軍艦マーチ」ではなく「君が代」が流れた。集団は頭をたれて、一言も聞き洩らすまい、と敬虔《けいけん》な気持ちで玉音を待った。

「朕深く世界の大勢と帝国の現状とに鑑《かんが》み非常の措置を以て時局を収拾せむと欲し茲に忠良なるなんじ臣民に告ぐ。――しかれども朕は時運の趨《おもむ》く所堪え難きを堪え忍び難きを忍び以て万世の為に太平を開かんと欲す」

雑音がひどかったが、あちこちから嗚咽《おえつ》がもれ、ひざまづき崩れる者もいる。卓さんは脱帽低頭したまま、身動きもできない。戦争は終わったという空虚以外何もなかった。

やや間をおいて卓さんは事務室に戻った。配属将校は恩賜の茶碗酒に敬礼し、一口飲んで皆に回した。卓さんも回ってきた茶碗酒を舐めた。ほろ苦い、これが敗戦の味かと目頭が熱くなる。

自宅に戻った卓さんは、蛸つぼのような庭の防空壕から秘匿《ひとく》のウイスキーを取り出して晩の膳にのせた。

「もうサイレンは、うん、空襲警報はなくなったよ」というと、幼い姉妹はキャッキャッと抱きついてきた。ともあれ乾杯というとこかな、と卓さんは妻をみた。

明日からの生活のことを思うと、せめて今晩だけは何も考えないで、心身ともに空っぽにしておこうと思う。箇条書きながら一日も欠かさない日記も、今日は書く気がない。それでも気をとりなおして、「浅川の炎暑のなかで玉音を聴く」とだけ記した。

国民はこの未曾有《みぞう》の八月十五日をどう迎えたのだろうか。現代の日記文学を残した『高見順日記』にみてみよう。

「八月十五日。

警報。

情報を聞こうとすると、ラジオが、正午重大発表があるという。天皇陛下御自ら御放送をなさるという。

かかることは初めてだ。かつてなかったことだ。

〈何事だろう〉

明日、戦争終結についての発表があるといったが、天皇陛下がそのことで親しく国民にお言葉を賜わるのだろうか。それとも――略
十二時、時報。

君ケ代奏楽。

詔書の御朗読。

やはり戦争終結であった。

君ケ代奏楽。つづいて内閣告喩《こくゆ》。経過の発表。――遂に負けたのだ。戦いに敗れたのだ。

夏の太陽がカッカと燃えている。眼に痛い光線。烈日の下に敗戦を知らされた。

蝉がしきりに鳴いている。音はそれだけだ。静かだ。

――（中略）

「嗚呼、八月十五日」


右に引用した高見順の日記は、あの日の一般国民の心情を切に伝えている。整理された心情は作品として読むことさえできる。だが、もっと素朴に涙して打ち伏した姿を卓さんは目

にしたのである。兵器生産の最前線で、敗戦を宣告された驚きと悲しみと畏れ。「嗚呼、八月十五日」の一行だけで十分であった。卓さんは倉庫前で、烈日に伏して慟哭《どうこく》した仲間たちの姿を忘れない。

さらにこの日も、暁暗《ぎょうあん》を突いて特攻機が、日の丸の翼を震わせて飛び立っていったのだ。最後の最後のこの事実を、誰が記憶したらいいのだろうか。

国破れて山河あり　城春にして草木深し――。

ほどなく、学徒兵として出陣していった学生たちが復員してきた。卓さんはそんな学生を迎えて、無事であったことを喜びながら、前線の兵士になれなかった自分に後ろめたさを覚えていた。

復員学生たちは、あの雨中の出陣式で歩調を合わせた仲間のなかで、「英霊」となった友を偲んで泣いた。

卓さんは、一高から出陣して特攻に散った鷲尾克己が忘れられない。別れ際にお茶で乾杯したいい奴だった。

鷲尾は昭和十七年、神戸一中から一高文科甲類に入学してきた。無口だが剣道で鍛えたがっちりした体躯の持ち主だった。生真面目《きまじめ》な性格は級友たちに信頼され、風紀委員を務めていた。「尚武右文《しょうぶゆうぶん》」を座右の銘とする純朴な学生だった。

彼は学徒兵として昭和十八年十二月、岡山工兵部隊に入隊したが、翌十九年二月に特別操縦見習士官に転属した。特操に選抜されたということは、能力抜群の証《あか》しであるとともに、不利な戦局挽回の捨て駒をも意味していた。つまり特操とは、否応なしの特攻隊員の養成機関であった。彼は厳しい訓練に耐えて、優秀な人間爆弾に育っていった。

本土防衛線の沖縄戦がはじまる直前の四月、彼がひょっこり母校に現れた。飛行服ではなかった。彼は校長室で安倍能成校長としばらく話しこんだが、にこやかな笑顔で出てきた。卓さんが研究室で彼と会ったのは、この帰り際である。突然のことで、卓さんは言葉が見当たらない。

「鷲尾君、大変だね」

「はい、――いま、校長先生にお会いしてきました」

「そうか。君等と別れてもう一年半になるね。学校は無事だが街はたった一晩でご覧の通りだ。ところで、故郷へも顔を出したかね」

とたんに鷲尾は直立し、指を揃えて敬礼した。

「自分は帝国軍人であります。父は今年の一月に亡くなり、母は生まれ在所に疎開して、元気でおります」

卓さんは、得体の知れない物に殴打されたような気がした。入隊まもなく特操に転属したと聞いたときから、「幻の死の影」を感じていたのである。

二人は学生時代の思い出を語り合いながら、別れを語ったのだった。別れぎわに飲みかけの茶碗をカチッと打ち当てた。

鷲尾克己は、二十年五月十一日未明、第55振武隊員として知覧を飛び立った。

彼は尊く生きて、美しく死んだ。日記にいう

如何にして死を飾らむか
如何にして最も気高く最も美しく死なむか
靖国の神となりにし我が戦友の　十の指にはや余りけり

「向学心にもえながら、人生の未来を封印して散ったお前たちよ」

「あいつの声を残したい。あいつの生きざまを伝えたい」

この思いは、後日『はるかなる山河に』に編まれることになる。

決して忘れない――と卓さんは記憶を辿る……。

あの出陣学徒壮行会に、雨にうたれて行進した教え子たちの中、何人かは白木の箱に収まった「英霊」として故国に帰っている。五月、沖縄戦の激闘のころ、沖縄ではなく遠くミャンマー戦で戦死した松岡欣平君の知らせがあり、つい一週間前には、和田稔君の特攻死が伝えられた。

2、特攻の回路へ

特に和田稔は、本土決戦用の秘密兵器「回天」の乗組員であった。

記録によれば、「回天」とは魚雷をベースに改造して、全長一五メートル、直径一メートル、頭部に爆薬一・五トンを装着し、潜水艦から発射される。この魚雷を体内の乗員が操縦して敵艦に体当たりする必殺兵器であった。当初から帰還の設定はない。戦争末期におよそ四〇〇基ほど製造され、実戦に配備された。

和田稔は東京帝国大学法学部学生として出征した。あの出陣壮行会では、雨の中を晴ればれした顔で行進していた。その顔が忘れられない。

彼は、愛媛から上京し、新しい駒場の一高寮にはいった。誇らしげに「嗚呼、玉杯に花受

けて、……」と旧寮歌を得意げに歌っていた。その彼がたった一年後には、

「首には双眼鏡、左腕には特攻マークの緑の「菊水」です。進路　S56度W、左4点、火の子島、右3点に沖無垢島」

としるし、六月十二日には沖縄最後の決戦に臨む。


「午前十一時四十分『回天用意』かかる。

敵は空母なるものの如し。

人間性にたいする信頼なき者は憐れむべし。

吾人出撃以来、十数日間は終始、怠惰、安逸のみに過ごされたり。人あるいは、吾人の談笑をして、死を目前とせる綽々《しゃくしゃく》の余裕なりと感ずるやも知れざれども、こは、死を直視する勇気なきものの日常自然の趨勢たるのみにして、何らの価《あたい》あるものにあらざるなり。

第一高等学校における教育は天下無比たりき。独立自歩、毅然として聳ゆるあるを感ず。

――略」（この時は敵と遭遇できず、一旦帰還する）（『はるかなる山河に』より）

面会時に、弁当箱の底に隠して父母に渡された日記の一頁であるが、卓さんはどうしても髭面の彼を想像出来ない。私と一緒だった月日を「第一高等学校における教育は天下無比」と振り返る和田稔。こんなに憂国の彼は、一九四五年七月二五日、訓練中に殉職した。海ゆ

かば水浸く屍、海軍少尉、享年二十三歳。

右にみた必殺兵器「回天」開発のきっかけとなったアッツ島守備隊の玉砕は、一九四三年五月である。その中の一人の兵士が遺書ともいうべき手紙を太宰のもとに出していた。太宰はその手紙を中心に、山﨑大佐以下二五〇〇余人のアッツ島玉砕を作品にして、国民に現況を訴えようと考えた。だからといって、稀なる文才の太宰は決して吠えたりはしない。冒頭から文学的である。

「玉砕といふ題にするつもりで原稿用紙に、玉砕と書いてみたが、それはあまりに美しい言葉で、私の下手な書き物の題などには、もったいない気がして来て、玉砕の文字を消し、題を散華と改めた。

昨年、私は、二人の友人と別れた。早春に、三井君が死んだ。それから五月に、三田君が、北方の孤島で玉砕した。三井君も、三田君も、まだ二十六、七歳くらいであった筈である」

時に太宰は三十八歳、一児の父であった。ごった返しの文壇の中にあって、若い二人からは太宰さんと親しまれていた。

「三田君は繰り上げ卒業で大学を出ると、すぐ兵隊に採られた。そして北方のアッツ島守備隊へ配属されたのであった。ここでの任務に鍛えられ、目覚めた。詩人を自称していた三田君は、お国の為を優先する軍人に変貌したのである」
彼はアッツから太宰に手紙を出した。

お元気ですか。
遠い空からお伺ひします。
無事、任地に着きました。
大いなる文学のために
死んで下さい。
自分も死にます。
この戦争のために。

「死んで下さい」という一節に太宰は感動した。「これこそは日本一の男児でなければいえない言葉だ」と思った。この崇高なことばは私すべきものではない。太宰はいまは遺書となったこの手紙をもとに『散華』を書き始めた。「玉砕」という軍人用語ではなく「散華」と呼ぶ詩のフレーズ、詩人の死にふさわしいと思ったからである。

『新若人』に掲載された『散華』は三十枚たらずの短篇だが、「死んで下さい。自分も死にます」というフレーズが三回も登場する。死を自分のものにした魂の純粋さに、太宰の作家魂が奮い立ったのであった。

アッツ島の玉砕直後、隣のキスカ島守備隊は、濃霧の僥倖に助けられて全軍無傷で撤退できたのである。これは戦時中の奇跡であった。

3、新しい太陽

一九四五年九月二日、東京湾の米戦艦ミズーリ号艦上でマッカーサー最高司令官ならびに連合各国の代表者と、日本側の代表者重光葵《まもる》、梅津美次郎全権との間に降伏文書調印式が行われた。重光葵の隻脚《せっきゃく》を支える杖が、日本国民の強い総意を現しているようであった。

卓さんは敗戦国の代表重光葵の毅然たる態度から、ふと出陣学徒壮行会で、代表として答辞を読んだ江橋慎四郎君の事を想った。彼は徴兵検査で胸部疾患を訴え、入隊猶予となって終戦を迎えた。彼は戦後も自分を語らなかった。

敗戦を機に無理を重ねてきた統制の枠が一気に消し飛んだ。お仕着せの「文学報国会」などは自動的に消滅した。

太宰は疎開袋に抛り込んでおいた作品「惜別」を、改めて取り出した。前年の暮十二月に、情報局と文学報国会からの要請をうけて書き上げた作品である。戦局はもう末期症状で、白紙動員をすりぬけた太宰に、文学報国会から作品の依頼があろうとは予測すらしなかった。担当者から条件付きのテーマを示されて太宰は憤然とした。軍部統制を正当化する「大東亜会議」のスローガン、《独立親和》を主題にせよ、というものだった。いわば、文学的良識からはもっとも遠い主題であった。

「こんな高圧的なお仕着せに尻尾をふるような俺じゃない」と太宰は歯ぎしりした。――だが、太宰はごくあっさりと承諾した。彼は呟く――擬態でもいいから、当局にひと泡ふかせてやる。執拗に削除・伏せ字を命令してくるあ奴らに、文学の意地をみせてやる！

太宰は主人公を「魯迅」に定め、資料を求めて仙台に向かった。若い日の魯迅は仙台医専に留学していたのである。

太宰は一九四四年の暮れの一週間を、仙台市の河北新報社の資料室にこもった。ここで終日、古い新聞から詳細にメモをとった。次第に青年魯迅の姿が浮かび上がって来た。

魯迅は医学を学びながらも、民衆を救う力は「肉体を救う医学より、意識を啓発する文学の力」にあると思うようになる。ついに魯迅は、民衆革命の原動力を文学に求め、その実践のために医学を捨てて帰国する。魯迅がいちはやく実践した『阿Q正伝』は人も知るところだが、太宰が資料から掴んだ魯迅像は、医学から文学へと変身する革命意識の変化だった。

太宰は依頼者の意図に応えるように、主人公魯迅は「周さん」と本名で登場させた。読者の良識に訴えるためであるが、これで検閲は楽々と通過できるはずだった。

たとえば周さんの医学から文学への転向場面などは、じつにリアルだ。

「学年末のある日、黴菌学《ばいきんがく》の時間にも、例に依って二〇三高地の激戦とか、三笠艦とかの画面が出て、私たちは大騒ぎで拍手し、そのうちにかたりと画面が変わって、一人の支那人が軍事探偵をはたらいた罪によって処刑される景があらわれた。講師の説明をきいて、私たちは、またもさかんに拍手を送った。その時、暗い教室の、横のドアをそっとあけて、廊下に忍び出た学生の姿を私は認めた。はっと思った。周さんだ。私には何か、周さんの気持ちが、わかるように思われた。ほって置かれないような気がして、私もつづいてそっと教室を出た。周さんの姿は、既に廊下には見当たらなかった」

見事な描写である。『惜別』のタイトルとなったこの場面は胸をえぐる。そして帰国後の活動をみれば、さらに作品『藤野先生』を併読すれば、このような事実があったことだろうと頷ける。

『惜別』は翌二十年二月に脱稿し、文学報国会に出稿された。しかし、硫黄島の玉砕や東京大空襲という切迫した時局にあって、発表の手段は途絶えていた。

そのまま八月十五日の敗戦を迎える。だが、一カ月もたたない九月五日に、焦土に舞い降りた不死鳥のように、『惜別』は朝日新聞社から刊行されたのである。敗戦を跨いで執筆――出版と数奇な運命をたどった『惜別』であったが、無削除、無修正で世に出たのは幸いであった。

翌十月、戦火の中で書きためていた『お伽草紙』を筑摩書房から刊行した。さらに、『河北新報』に『パンドラの筐』の連載を始めた。文壇の大御所たちも、また戦地還りの若手作家たちも思案顔の中、太宰は心身ともに健康な貌をして、文壇の寵児となっていった。

渾沌の中に年が改まった一九四六年元旦、「新日本建設に関する詔書」が発布された。いうところの天皇の人間宣言である。

呼応するように、文化面では新しい雑誌の創刊が相次いだ。

すでに『文藝春秋』、『新潮』『文芸』などは復刊していたが、この四六年一月に限ってみても、『近代文学』を先頭に『世界』『展望』『潮流』『人間』『新小説』『新文学』等が創刊された。そして年内には実に三十四誌もの創刊をみたのである。「自由主義」とか「民主主義」とか「平等」などの言葉が、躊躇なく人々の口にのぼるほど、人々の精神は開放されたのであった。

4、鎮魂

学生たちも学園に戻ってきた。学年末である三月三十日、東京帝国大学では今次大戦で亡くなった学徒および教職員の慰霊祭をおこなった。かつて、出陣学徒の壮行会を行った同じ安田講堂である。

花に飾られた祭壇は清楚で粛然としていた。祭主の総長南原繁が静かに語りかけた。

「今次大戦において出陣したるのみに永久に還らぬわが若き同友学徒並びに職員諸君のために、茲に悲しき記念の式を挙行せんとして、感懐つくるところを知らない。(中略)

今日追悼記念の式を挙ぐるに当り諸君の霊は必ずや返り来たって此処に在るであろう。その英霊を囲んで、学園にふさわしく何の宗教的儀式をも特に持たぬ純一無雑慰霊祭を行う……(略)(『はるかなる山河に』より)

涙にむせぶ長い告文であった。参列者は在りし日の友を偲びながら、生きている幸せを思った。いやもっと重い、生き残ったという感慨に強く締め付けられていた。

生き残ったということは罪なのだろうか。

もし、すこしでも後ろめたさがあるのなら、贖罪《しょくざい》のためにも、学友の霊をこの世に顕《あら》わさなければ済まない。こんな空気が自然に高まって、「東大学生自治会戦没学生手記編集委員会」が立ち上がり、具体的に動き出した。

手記編集委員会の呼びかけに、遺族や関係者からさまざまな資料が寄せられてきた。日記あり手紙あり、詩歌も随想もスケッチもと、さまざまであった。委員たちは分担して編集用の原稿用紙に清書していく。中にはきっぱりと「遺書」とあるもの。特攻出撃の前夜に、生命をいとおしみながら父母への感謝の言葉を綴ったもの。委員は涙で清書のペンが途切れることがしばしばであった。そして、各人の死に様が天晴れであったと、生き残った自分の姿と重ねていた。完成の形を『ドイツ戦没学生の手記』になぞらえていた。というのも、戦没学生の多くがこの書に触れていたからである。

委員たちは時間をつくっては、駒場の一高を訪れた。独逸語研究室に、先輩でもある安藤熙教授を訪ねたのである。学生たちは教室では安藤先生と敬意をはらうが、普段は「卓さん」とか「プチ・ロバン」とか呼んでいる。文学関係の話では「卓さん」の方がずっと通りがいい。委員たちは同人誌で鍛えた卓さんに、資料選択の基準や編集の方法についてアドバイスを受けにきたのである。自分達がいま編集している「戦没学生の手記」が、例の『ドイツ戦没学生の手記』と肩を並べたいと願っていたのである。

「あれと諸君らの意図とは、歴史という時間差の問題だけじゃなく、民族性の問題が大きいようだね。天皇という神、武士道というバックボーン、東京帝国大学生というエリート意識、これらが一つにあざなわれた報国とか、報恩とかが、死を美々しいものに変えてしまったのだ。『私の命が国家の命』にすり変えたところに、今日の悲しみがある」

卓さんの言葉に学生たちは頷いた。『ドイツ戦没学生の手記』が世界の注目を集めてからわずか二十年で、ナチスドイツが再び戦争の惨禍を繰り返したではないか。この歴史的事実を反面教師にして、編集にあたらなければならない。「戦没学生の手記」が、神話のように軽く語られてはならない、と委員たちは自問自答していた。

一九四七年四月から学制が新しくなった。いわゆる6・3・3・4・制度である。第一高等学校は東京高等学校とともに、新制「東京大学」に統合された。

伝統の五月祭も復活した。一方、手記の編集は急ピッチで進んでいた。卓さんも手記に呼びよせられたように、有りし日の学生気分に浸っていた。手記のなかの「一高時代が懐かしい」とか、「安倍能成校長の顔が忘れられない」などという一文が感慨深い。だが、やはり学生時代の思い出といえば、バンカラ姿の寮生活が一番だろう。一九三五年に駒場へ移ってからもそうだが、本郷向ケ丘に在った頃は、まさに大学予備門時代の気風が残るバンカラ時代だった。卓さんはそんな向ケ丘寮時代の学生だった。

明治三十五年に第五寮の学生だった矢野勘治が作詞した寮歌が歌い継がれ、新制度になった今も歌われている。美しく引き継がれたものを伝統と呼んできた。

卓さんは旧一高正門から入り、いまは農学部になっている五寮跡をなつかしみながら、弥生門からキャンパスに入った。学生が戻ったとはいえ、安田講堂裏は閑散としていた。わざわざ遠回りをして、三四郎池から山上会館の手記編集部へと向かった。

三四郎池は長雨のせいで、飛び石まで水に浸っていた。戦時中は手入れもままならず、池を巡る散策路も藪が覆って、いかにも高原の湖の風情を深くしていた。弓道場方面からの湧水を集めたせせらぎが、幽かな音を伝えてくる。野生化した鴨の群れ。

花咲き花はうつろいて　露おき露のひるがごと

星霜移り人は去り　　舵とる舟師《かこ》は変わるとも
我がのる船はとこしえに　理想の自治に進むなり

「星霜移り人は去り　舵とる舟師は変わるとも──理想の自治に進むなり」いい歌詞だな、と卓さんはわが青春を振り返る。いま編集しつつある特攻に散った学生たちの希求したものも、この自治の精神だったに違いない。それなのに、彼らは自若として散ってしまった。

その時、あのせせらぎを覆う藪にかすかな光が点滅したようだった。光は二つになり三つに増え、次第に数をふやして幾十にもなった。卓さんが思わず幻想に浸っていると、不意に熊蜂がやってきて、その鋭い針で明滅する光を襲い始めたではないか。一つ、また一つと光球は流れ星のように消えていった。卓さんは驚いて目を凝らす。藪を分けて近寄って見ると、彼女たちは幽かな光の塊となっていた。見慣れた三四郎池なのに、キツネにつまされたようだ。卓さんは意味も無く歴史の一頁を深読みしたような気がした。

夏休みを返上した甲斐あって、秋の十月に手記は完成した。『はるかなる山河に』とタイトルされた本書は、英霊となった彼らの悠久の願いである「平和の願い」を込めたものであった。

5、はるかなる山河に

初冬十二月、学生自治会主催の出版記念会が、編集部のある山上会館の会議室で開かれた。学校側からは南原繁総長をはじめ顧問の辻村教授や卓さんたちが出席した。火の気のない会議室なので底冷えが這い上がってくるが、出席者たちは手にした真新しい『はるかなる山河に』に見入っていた。散華した山根明君の遺族をはじめ、それぞれ自分の息子のページを開いて確かめている。言葉静かに、お互いに息子たちの話を交わしているグループもある。みんな平静な表情をみせてはいるが、親兄弟や縁者たちは、懸命に堪えて「生きている英霊」に語りかけていた。

南原繁総長が慰霊祭と同じく開会の挨拶をした。

「この一冊は、ではなくこの中の一文によって、君たちは永遠に後輩たちと血を通わせている。君たちの声は歴史の証言となった。この確かな声に、わたしは握手を求めてやまない」

嬉しいことに発刊からまだ二カ月というのに、もう数万部も売れている。忘れてはならない傷ましい事実が、読者と英霊をしっかり結びつけていた。

懇談の席に移ると遺族の一人ひとりが息子の在りし姿を語った。どの親も息子の死に様が、天子さまに殉じたことを誇っていたが、「これからは、決して、絶対に、若者たちに、無念の死を与えないでほしい」と結んでいた。親の複雑な心境に泣かされる。

どんなに平静をよそおっていても、親の本音は愛情に尽きる。この本は多くの人に読まれているが、はたして、帰ってくる筈のない息子への鎮魂になるだろうか。敗戦による生活のギャップは目にみえて測れるが、精神の転換は簡単ではない。世代の精神の断層はどのように繕《つくろ》ったらいいだろうか。卓さんは寄託された資料を原稿にする段階から、教壇に立った自分と学生たちの関係を思い続けて来た。師弟関係と親子関係のいろんな側面を思うと複雑であった。息子を自分のものとしてまるごと語る親と、学生の成長に関わって来た教師との微妙な相違だった。

卓さんは、宮沢賢治の『烏《カラス》の北斗七星』を、自力でドイツ語訳していた佐々木八郎君の学生服姿を想い出していた。彼は特攻機の操縦棹を握り、どんな思いで敵艦に突っ込んでいったのだろうか。

学生時代、彼はいつもポケットに詩集をしのばせ、童話を生き生きと蘇生させる名人芸の文学青年だった。十八年秋、学徒兵として出陣したのち、どのような経緯をたどったのか、航空兵として第一線に立っていた。それも特攻隊員としてである。

　昭和二十年四月一日、米軍は沖縄本島に上陸を開始した。本土防衛の前哨戦であり、Z旗を掲げた防衛戦であった。

　この日、四月四日未明、昭和特攻隊二十数機が基地を飛び立った。絹の白マフラーにゴーグルの飛行帽を着けた佐々木八郎が操縦桿を握る零式戦闘機は、もはや飛行機というより一個の爆弾であった。彼は爆弾を操る鬼神に変身していたのである。

　しかし、卓さんには鬼神の八郎君は現れず、いつも童話の独語訳と取り組む真摯《しんし》な学徒の姿であった。


　冬の落日は早い。夕陽が窓を染めてきた。編集委員の野本菊雄が立ち上がった。

「――懇談も尽きないところではございますが、ここでこの一冊ができるまでの経緯を、ごく簡単に報告したいと存じます」

　皆の同意を得るように一息ついた彼は、思いきったように言った。

「実は――私も出陣学徒でして、いま話題に上った特攻隊員でした。全く、もう完全に生還を無視した『回天』とよぶ人間魚雷の予備軍でした。出撃命令が出る度に、確実に仲間が死んでいきました。このような状況の中で、私は生き残った者の一人であります。

この学園で勉学に励んでいた私は、不意に兵士になり、あれよという間に特攻隊員となり、死ぬ順番を待ちながら、生き残ったという不思議な巡り合わせです。いまの私は運命というものの突きあたりにぶら下がって、生き残った姿です。ですから、この本を造る間中、彼らと肩を叩きあっていました。この本は彼らの分身であるとともに、私の分身でもあります」

室内は粛然となった。残照が部屋を縞模様に明るくしている。彼は言葉を続けた。

「健康で生きていて当然の一人の男が、なぜ強いられた死を肯定しなければならなかったのか。なぜ、死んで当然だったのか。自殺でもなく、他殺でもない死に様が『英霊』の実体だったのです。それを自分のものとしてきた私は、友の霊に向かって一言、『人間の言葉』を捧げたい。長い時間編集をしながら、生き残ったのではなく、生き残された者、つまり死にそこなった者のうしろめたさや恥ずかしさを越えて、霊や生命が人としての本質だと気づかされました。編集仲間の了承をえて、僭越ながら巻末に主旨を載せさせて頂きました。手記を残した英霊たちも、了としてくれると思います」

話しながら野本菊雄は涙をぬぐった。仲間たち四人は彼の肩を抱いた。裏表紙の賛美歌を委員が歌い出すと、次第に全員の和声となっていった。

母ぎみに勝る　ともや世にある

生命の春にも　老いの秋にも
優しく労わり　いとしみたまう
母ぎみに勝る　ともや世にある

夕陽が窓をそめ、人々の涙を染めた。

『はるかなる山河に』は、たちまち洛陽の紙価を高めた。これほど人々の心を引いたのは、「死の光芒」が主題だったことによるだろう。と同時に、ここに顔を出している三十七名とおなじ立場で散華した、幾百、幾千の生命があったことも決して忘れてはならない。

やがて、これらの声に応えようと、名称も「日本戦没学生手記編集委員」と改めて、対象を全戦没学徒に広げた。手記募集には公共のラジオや新聞も協賛し、編集は全国版になった。こうしてここに『はるかなる山河に』を包み込んだ新版『きけわだつみの声』が誕生することになる。

『きけわだつみのこえ』は一九四九年十月二十日に刊行された。取次店がせっつくほどの待望の一冊であった。標題は藤谷多喜雄の「なげけるか　いかれるか　はたもだせるか　きけわだつみのこえ」から採られた。

好評に比例して批判のあるのは当然のことである。中には、体験者としてこれが本当の声か、という疑問の指摘もあった。たしかに言論統制の厳しかった中で、しかも検閲をパスした文書に全幅の信頼を置いていいのか、という躊躇もある。たしかにこの本も、編集途中の一九四六年には、ゲラに落としてGHQの下にあるCIE（民間情報局）の検閲を経なければならなかったからである。編集者の苦労はともあれ、「日本戦没学徒手記編集委員会」が、第三者によって独立し、さらに「わだつみ会」に発展していったことは、灯をかかげた者にとって、喜ばしいことであった。

卓さんは『はるかなる山河に』に名を留めた学生たちを、改めて思い返していた。

その一人、中村徳郎君は昭和十七年に理学部地理学科へ進んだ。彼は一高時代から実地学習のために山登りに夢中だった。ドイツからの留学生カールビルス君とはいつも一緒の親友だった。二年生のとき、北アルプス穂高では危うく遭難事故をおこすところだった。

その後、カールビルス君は祖国防衛のために学業を捨てて帰国し、兵士になる。ドイツからの情報によれば、彼はスターリングラードの激戦で戦死したという。上等兵の階級だったとか。そして「第五交響曲」をもって、死を悼まれたという。

親友がスターリングラード戦で散華したころ、中村は千葉県習志野東部第九部隊・戦車隊で軍務に就いていた。習志野鉄牛部隊は名だたる精鋭部隊だった。

彼は地理学の学徒だが、詩人でもあった。この本に収められた日記の一節には次のようにある。

「夕暮れの武蔵野を戦車を駆って西へ。武蔵野！　欅と杉と、竹と雑木と。畑の匂いがする。夕餉の味噌汁の香がする。若芽の薫。軽戦の煙の中からかすかに嗅ぎあてた時の嬉しさ。何処までも涯しなく続けとおもいながら操縦棹を握っていたのであった」

まもなく昭和十九年六月、比島方面の作戦に向かったが、以後消息不明となった。

なにより卓さんが、奇縁と驚いたのは、『はるかなる山河に』の編集委員として、ガリ版原稿をもってたびたび語りあった中村克郎君が、この日記を残した戦車隊中村徳郎君の実弟だったことである。出版記念会で賛美歌をうたった彼は、後年「全国わだつみ会」を運営することになる。

卓さんは師弟というより学友として、親しみをこめて『はるかなる山河に』を丁寧に読んだ。中に朗らかな笑い声が浮かぶ日記や随想が多いのに救われた。しかも死を意識しながら、死の匂いさえ芳しく綴っているのだ。東大生の誇りがそうさせたのか、検閲事情が悲しみや女々しさを覆っていた証拠なのか。卓さんはまたしても、複雑軸の問答を繰り返していた。

6、太宰治の死

流行作家太宰治が自殺した。新聞は四段ぬきで「虚無を慕いて」……「太宰治氏情死行・愛人と玉川上水へ投身か」と写真入りで報道した。

「またしてもやられた」と卓さんは絶句した。

卓さんは数日前に『はるかなる山河に』を再読した書評を雑誌社に渡したばかりであった。この中で卓さんは、死に直結した生命の尊さを強く訴えたばかりである。愛し子たちは、自殺でも他殺でも、また不審死でもなく英霊になったのだ。「生きながら死んでいく自分の生命の尊さと哀しさ」をいとおしんで綴ったものばかりである。

それに比べて、太宰は女を道づれに水に沈んだ。はばかりなく言えば、遊山気分で命を捨てたのではあるまいか。

いまや戦後文壇の寵児となった太宰治。先に「ヴィヨンの妻」を書いて、読者の心を賛否両論にちぎった太宰治。自らの死にそこないを作品化して、芥川賞に挑んだ太宰治。過去二回も心中しそこなったあげく、三人目の女と見事に！情死した彼。こんな死神のスケッチのような死に方が気に入らない。いったい太宰とは何者？

歯痛がきて虫歯に気がつくような太宰だったが、卓さんには決して忘れることが出来ない存在だった。

一九四五年の後半、つまり終戦直後の文壇でもっとも輝いて作品を発表した太宰治についてはすでにふれてきた。太宰は虚脱状態の文壇にあって、あたかも台風接近の前夜のように超多忙であった。妻子を故郷津軽の実家に疎開させたままだったので、津軽と東京を往復しながら『惜別』『お伽草紙』『パンドラの函』などを精力的に発信し続けていた。生活は相変わらず無秩序だったが、作品は異常に澄んでいた。ジャーナリズムが「無頼派」と名付けたのは、生活態度からきたもので作品の評価ではなかった。

台風でかき乱された砂浜が、自然に元に戻るように、社会の混乱も次第に秩序を取り戻してきた。闇市や屋台街も定着し、人々はヤドカリのようにバラックに住み着いていた。

太宰が三鷹の旧居に妻子を迎えたのは、復興に向かい始めた一九四六年の十一月である。そのとき、奇縁にも以前からの知人であった画家の林倭衛《はやししずえ》の妻子も三鷹住まいであり、両家は五年ぶりの再会を喜んだ。もっか売れっ子で原稿の締め切りに追われていた太宰は、その再会の感動を一晩で書き上げた。『中央公論』一月号にのった『メリイクリスマス』である。

すこしでも太宰に関心のある読者は、この『メリイクリスマス』の主人公「シズヱ子」は、特異な画風でしられる林倭衛の娘・聖子であることを知っているだろう。

倭衛の子、つまり「シズヱ子」とは、太宰特有のユーモアであった。

ここでちょっとこのユーモアにいたる話に触れておこう。

フランス留学中に、自由思想と画業の基礎を身に付けて帰国した林倭衛は、知人に乞われて画家志望の少女、高野富子を弟子にする。新進気鋭の師と、情熱の弟子富子。やがて二人は恋に落ち、結婚する。生まれた子は「聖子」と名付けられた。

倭衛は、入獄を繰り返しても信念を貫く大杉栄の思想に感銘していた。大杉が信奉するアナーキズムは、この国では禁忌の思想である。フランス仕込みの自由主義者である林倭衛が、大杉の思想に共振するのも当然のことであった。

大杉はある事件で投獄されると、「一犯一語」と称して、獄中を語学専門塾に見立てて猛勉強し、一外国語をマスターして出獄してくる。したがって、入獄する毎に大杉は思想的にも学識的にも一回り大きくなり、ますます精悍な風貌となっていく。その山岳のような風貌に魅せられて、倭衛は「出獄日のO氏」像を描いたが、官憲によって展観禁止の処分をうけ

てしまう。（現・長野県信濃美術館蔵）

その後、倭衛は富子と離婚し、操と再婚する。娘聖子は父母の間を行き来していたが、あろうことか、一時富子と操たちが同居する時期があった。昭和の初期、妻妾同居はやはり異端である。しかも倭衛には遊学時代にフランスにイボンヌという同居妻（恋人）がいた。ざっといえば聖子にはフランスにも継母と妹がいたのである。ややこしいが、倭衛は聖子を直系と認めていたようである。太宰も察して、『メリイクリスマス』の主人公を「シズヱ子」としたのであろう。

太宰が山崎富枝と玉川上水へ入水自殺した翌日（昭和・２３・６・１４）シズヱ子は降りしきる雨の中を、ここぞと見当をつけた玉川上水の土手を血眼で歩いた。そして、まだ誰の目にも止まっていない「ガラスのお皿」と「小さな薬瓶」と「和鋏《わばさみ》」を発見する。そして横には土手から水面辺りまで土を掘ったような二本の「男物の下駄の跡」をみる。

シズヱ子はダザイサンが亡くなった、としみじみと瞑目する。

――後日談になるが、シズヱ子さんは一九六一年（昭和・３６）に新宿四丁目に、バー「風紋」を開業した。シズヱ子さんで知られていたせいか、父倭衛や太宰などの知り人たちが大勢あつまり、いつしか「文壇バー・風紋」と親しまれるようになった。この「風紋」も二〇一八年六月、五十七年間の幕を下ろしたが、シズヱ子さんは健在である。

太宰の死は学生たちの格好の話題であった。

「『人間失格』なんか、何の教養にもならんけど、自分のダメ人間、バカさかげんをさらけ出すなど、共感するとこ多いなあ」

こんな感想が共有できるところが、作家太宰の魅力なのだろう。新聞小説「グッド・バイ」がたった十四回分で、本当の遺作となった点も、話題性十分だった。

例の列車書斎で知り合った太宰ファンのご婦人なら、この続きを書き継ぐかも知れない、などと卓さんは懐かしく想像していた。そして、太宰とはいつまでも沈黙のライバルのような気がしてならないのだった。

六章・奔流への挑戦

1、いまさら芥川賞

一九五三年（昭和28）安藤熙は東大教授に昇任した。世の中は朝鮮戦争も休戦に向かい、皇太子の立太子礼も予定されて、新しい土壌に新しいものの胎動期であった。作家高木卓もしっかり二足の草鞋の紐を結び直した。父母も妻子も健在で、戦災を免れた下北沢の安藤家は余裕の生活振りであった。

梅雨も明けた暑い日に、三やんから電話がかかってきた。珍しく弾む声だった。

「どうにかこぎつけたよ。――いまさらじゃないが、とにかく上期の芥川賞候補になったよ。うん、先月の『群像』の『好きな絵』がそれだ。三十枚ほどの短いものだ。久しぶりに昔に返って、しみじみと庶民の家庭を書いて見たんだ」

「え？――うん、うん、そりゃでかした。いい話だ。ゆっくり聞きたい。例のリョウモンで会おう。いまは娘さんがやってる。あのステンドグラスの席でな」

電話をきって、ほっとしながら苦笑した。今頃になって、なぜ三やんが「芥川賞」なのか。

戦時賞ともいうべき「文学報国会賞」を受賞した彼ではないか。俺は辞退問題で物議をかもしたが、それも、もう十三年も昔のことだ。文芸春秋さん、三やんにはちょっと遅すぎたんじゃないの。俺も太宰も「芥川賞」ときけば古傷が疼《うず》くが、戦後不死身の活躍をみせた太宰は、実にあっさりと入水してしまった。創設の大御所菊池寛もいない。

文壇はとっくに戦後をくぐり抜けて、いまや第三の新人が活躍の場を求めている。三やんだって風俗をネタに「肉体文学」に筆を染めたベストセラー作家だ。それが芥川賞?・本人だって照れてるんじゃあないの?。

東大の正門前で落ち合い、馴染みのリョウモンの扉を押した。うまい具合に一番奥のスタンド席が空いていた。天井の扇風機がゆっくり回っている。何となくそわそわしている三やんに「おめでとう、おめでとう」と卓さんは手を差し伸べた。案の定、三やんは照れていた。

「ここは因縁深い席だな。卒業間際に、同人雑誌『制作』の構想を語り合ったのもここだったし、お前の『芥川賞辞退』の報告もこの席だった」

「うん、この席は俺らにとっては文学の特等席だ。〈豊田三郎君、芥川賞受賞!〉とシャンパンを抜くのもこの席にかぎる」

「お前の辞退事件の時も、この席で内密にシャンパンを抜いたな。今度は違う、落選しても堂々とここで落選祝いをやりたいものだ」

娘さんが、お裾わけの大サービスと言って、熟れた苺を笊ごと出してくれた。

「いい出来じゃあないか『好きな絵』。身につまされる話がこぼれるようだ。評判倒れの『仮面の天使』とは月とすっぽんだ。あのまま続けていたら、肉体文学の片棒かつぎで終わっちゃうと、心配してたんだ。比べて『好きな絵』はいい」

「ありがとう。創作の誇りをもって文学に向き合うか、喰うために文学に縋《すが》るか。よーく分かったよ」

卓さんは苺を三個も口に抛りこんだ。

「理屈はよそう。候補者が何人いようと授賞は一人だ。将来性を見込んだ『新人』発掘が芥川賞の本領だ」

「そこだ、そこが芥川賞たるの権威というものよ。それを思うといささか腰が引けるね。芥川賞第一号の石川達三が、今回から選考委員になった。氏が候補作品をどう捌くか、注目して待っているよ」

卓さんはまた苺を抛りこんで考える。

「太宰が生きていたら、仰天して暴れたかもしれんな。でも、『芥川賞選考委員太宰治』も、その椅子に座ってみれば案外さまになったかも」

「まて、まて。文壇の常識をおちょくっちゃいかん。落選者代表の亡霊には敬意を払うもんじゃ。――俺も爆弾を潜り抜けて四十六歳になる。正直いって喰う為に書いた作品もある。いわば世間の垢に汚れた俺が、芥川賞によって洗濯されて「新人」として文壇に再登場するなんて、吾ながら笑止千万というところか？」

――俺達も、とうに不惑を過ぎたか、と卓さんも東大教授の椅子を振り返る。学者としても一番油ののってる権威の時期だ。が、文壇では色あせた戦前派。すでに戦後の第三の新人待望の時期になっている。野間宏や椎名麟三らを第一の新人、阿部公房や堀田善衛らを第二の新人と呼ぶとすれば、もう安岡章太郎や吉行淳之介たちは第三の新人に相応《ふさわ》しい。

「いっしょに候補に残ってる安岡章太郎は学徒兵あがりの三十三歳。昇竜のような熱気むんむんの青年騎士だ。お前が『遺唐船』で候補になったのは、たしか二十九歳。『歌と門の盾』で辞退したのは三十三歳」

「年齢なんかにこだわるな、三やんらしくない。文士らしくない」

　三やんがいやに年齢にこだわるのが気になる。かつて、同じ『作家精神』の桜田常久が、卓さんの辞退を補うような形で第十二回芥川賞を受賞した時、彼は四十四歳だった。川端康成が選評で「氏は私と同期の学生時代に同人雑誌を出していた。――当時、有望視されていた筈である」と個人的な追憶を混じえているほどだ。

上期に辞退問題でごたごたした同じ同人雑誌から、下期に授賞者がでるなど、賞の公平さについてジャーナリズムは変に誤解した。「菊池寛の男の見栄さ」という陰口さえ聞かれたほどである。

「三やん、授賞となったら、逃げるんじゃないよ」

「俺みたいに」を卓さんは飲み込んだ。三やんはポカンとした。肝心の話もしないで、年齢にばかりこだわったことを悔やんだ。

「俺は、そんなに旋毛曲《つむじま》がりじゃないよ」

二人は苺をのみこんで、久し振りに哄笑した。

第二十九回芥川賞は、ノミネート九篇の中から安岡章太郎の『悪い仲間』『陰気な愉しみ』が受賞した。安岡にとっては四回目の挑戦で摑んだ受賞である。読書界は「第三の新人」と話題が盛り上がった。

後に選評をみると、どの委員も「新人」を選考の基本に置いている。三やんについてのキーワードを拾ってみよう。

＊　豊田氏に授賞はやや奨励賞めくし、以前に『仮面の天使』ほどの作があった氏として

は今更の感がある。（S氏）

＊芥川賞候補としてこの作家はもうあまりにも有名だ。（K氏）

＊『好きな絵』は力があるが、もう少し初々しい所があれば尚佳いと思った。（T氏）

＊『好きな絵』のような佳作を書いてカムバックを示したときは、芥川賞をやって激励してもいいと思う。（T氏）

＊豊田三郎はすでに知名の作家で、芥川賞の新人とするのには、どうであろうか。（K氏）

なお、今回から委員になった舟橋聖一、丹羽文雄、石川達三の三氏は、豊田の『好きな絵』については、言及していない。

一段落したころ、ステンドグラスの特別席で、二人だけでシャンパンを抜いた。あいつに恥をかかせたくない、という三やんの配慮で、旧友の井上弘介は呼ばなかった。

2、軟弱文学

一方、いち早く風俗の激変の波頭を掬《すく》い取ったような文学の台頭に目を疑った。田村泰次郎の『肉体の悪魔』や『肉体の門』である。

田村は中国転戦の兵士であったが、帰国第一作が『肉体の悪魔』であった。フランスの鬼才、二十歳のレーモン・ラディゲが主題とした素材を、田村は戦後風俗に見たのであろうか。タイトルもそのまま借用している。だが、冷静に思えば、すべての価値を泥一色に塗りつぶしたような軍隊にあったればこそ、肉体の貴さが確認できたのであり、肉体の優位が確信されたのであろう。『肉体の門』は当時の都会における街娼風俗をそのまま掬い取った、いうなれば見て見ぬふりの出来ない風俗小説であった。

とくに『肉体の門』が『群像』に発表されるや、戦後の開放感にのって、あっというまにベストセラーにのし上がった。批評家たちが「肉体優位論」などと主題を位置付けたのが、後ろ盾となったようだ。

このような流れのなかで、三やんも『文学会議』九月号に「仮面天使」を発表した。食糧難、住宅難の現状のなかで、戦争未亡人の心の揺れを描いた物語である。そのリアルさが読者の風俗感覚に溶け込んだのであろう。読者には『肉体の門』と『仮面天使』は双生児のように読まれて、ベストセラー読み物となったのである。読書界では「軟派文学」と呼ばれたが、作者にしては迷惑千万なことであった。

卓さんはこんな形で世に出て行く三やんをいぶかった。

「『文学報国会賞』作家が、こんなでいいのか」と苦言の手紙を書いたが、筆まめな彼なのに返事はない。そのころ三やんは、戦火で焼け出され、本郷動坂の知人宅に仮寓していた。喰う為の仕事、喰う為に書いた作品。卓さんには痛いほど三やんの気持ちが分かっていた。新しい「軟派文学」の旗手などと囃されると、このベストセラー本が恨めしくさえ思われる。

卓さんは生きた肉体が亡びて、仏か神かになった完結するという常識に馴れて来た。宗教とはうまく説くものだと感心する。それに比べて文学は、完結を期待しない。そう思っても、三やんの『行軍』から『仮面天使』への変身は納得できなかった。やがて三やんは焼けた西大久保の旧居跡に、安普請ながら新築して移転した。ベストセラーの力であったかもしれない。「庭の隅に里芋を植えた」と転居通知には家族の写真も付けてあった。

『肉体の門』にしろ『仮面天使』にしろ、戦後の世情を敏感にうけとめて、作品に仕上げた確信犯的な臭いがする。「肉体優位論」なんて、批評家先生の一人よがりの宣伝だったようだ。だから、流行性感冒のように一時の熱がさめてみれば、案外他愛のない作品とうけとめられてしまうだろう。

三やんが『仮面天使』で採りあげた戦争未亡人の問題は、たしかに戦後文学の主要な主題ではあったが、風俗小説の核としては一押し弱いと思われた。

卓さんもベストセラーと騒がれてから手にして、「なんだ、こんなものか」と呟いた。評判に比べて古風な凡作だと思った。

卓さんは三やんの文才を信じている。流行作家ではなく、中堅作家といわれながら、地味に花を咲かせる才能だと思っている。それが、軟派文学を通過して、いま「芥川賞作家」に脱皮しようとしていた。最近作『好きな絵』が昭和二十八年度上期にノミネートされたのであった。

「これでお前と互角に話し合える」といったあの時の電話の声が耳に残っている。

卓さんは三やんを文学の先輩、いや師とさえ思っているのに、彼は芥川賞候補をもって「互角」といったのだ。会話中の一言なので冗談まじりだろうが、それでも、そんな気があったのか——いや、世間体がそうなのかと、卓さんは改めて「芥川賞」なるものの魔力を見直した。

ある日、三やんからハガキが届いた。二倍もある文字で、彫り付けたように、

「君のいう幕間の今日こそ、ほんとの新しい時代の胎動期だ。明治の御一新《ごいっしん》より大変革期だ。俺は本気でこの奔流に乗る。君も乗れ!本流じゃなくて奔流だ。読書界のうねりという奴だ」

と勇ましい。卓さんも数行の返信を書いた。

「『行軍』作家はいい度胸だ!焦るな、奔流はいつの時代も凄いぞ!『三やん良識』の文士根性に期待する。堕ちてはならん。溺れてはならん。(もっか新雑誌発行のボランティア中)」

戦時中の抑圧の反動からか、新しい雑誌がぞくぞくと誕生していた。卓さんは頼まれて木暮亭とともにある雑誌の編集に当たっていたので、文壇の情勢はある程度わかっていた。三やんが都会の戦後風俗をテーマに作品を書いているということも知っていた。まもなく「仮面天使」が『文学会議』に載り始めた。これが「奔流に乗る」と胸を張った三やんの姿勢かと思うと、半ば腑に落ちないのであった。

3、トリック小説

「――私が奔流に乗るとすれば、何ができるかだ。これまで私は、歴史の事蹟を現代に蘇らせる事に創作姿勢を貫いてきた。私の『時空説』を、はっきりいえば、歴史の素材がまさに現代小説のネタなのだ。そのネタを大事にして現代小説を書いてきた。だが、三やんの言うように、手っとり早く現代の風俗に目をむけるのも、幕間の大事な勉強かもしれない。

それに糞真面目のどんでんがえし、つまりトリックで、読者を興奮させるのも奔流の一面かも知れないな。『怪人二十面相』の奔流版も面白いだろう」

卓さんは雑誌編集の合間に、思いつきのトリックのネタをメモしてみた。真実らしい嘘は案外に面白い。こんなウソを上手にまとめれば、読者はきっとウソを二乗して興奮するだろう。


こんな状況の時、卓さんに『キング』と『主婦の友』から同時に執筆依頼が舞い込んだ。卓さんは二誌とも承諾を即決した。作家根性が「腕試し」に奮い立ったのだ。『キング』も『主婦の友』も、昭和時代を代表する大衆誌である。卓さんは回転椅子を中心に机を前後に用意して、椅子を回して同時進行で二誌の執筆に取り組んだ。

俄然、幕間の時間が充実してきた。無理なく四十枚ほどの短篇『人魚の船』が脱稿した。作品の舞台が隅田川の花火大会だったので、タイミングを合わせて『キング』七月号に発表した。ネタは先ごろ「銀河号事件」として社会面を賑わしたミステリー事件である。いってみれば、大人の騙し絵のような作品であるが、けっこう好意的に迎えられた。

卓さんは、この騙し絵にかなり精密な舞台装置を設定している。

たとえば、「ある夏」を示すときでも「両名の米飛行士が青森県琳代《さがしろ》から米大陸へ無着陸飛行を敢行した年」「ミス東京第一回目」の「電気ぼんぼりが並ぶ隅田公園」と描写することで、読者に日時・場面を想定させるという工夫である。

そして、その催し物の目玉は「太平洋横断」の仕掛け花火と「銀河号」というお囃船による水上レビューだった。

ミス東京が電燭に輝く櫓《やぐら》の上で、「青きドナウ」の旋律で踊り出す——。私と友人は雑踏の言問橋の中ほどで、この絢爛《けんらん》たる舞台を眺めていた。ところが、銀河号が言問橋を潜るほんの数十秒の間に、櫓舞台の踊り子が忽然と消えたのである。大観衆の眼前で見事に切り取られた現実の一駒。観衆は目を疑って騒然となった。某新聞は号外をだし「ミス東京失踪——真夏の夜の銀河号事件」と大々的に報じた。だが後日、警察が殺人事件として解決したときは、色あせた三文記事になっただけである。

ところが『人魚の船』の本当のミステリーは、その後の種明かしにあった。

時は過ぎ、あの事件を言問橋で観覧していた私は大学教授に、彼は開業医の医学博士になっていた。二人の共通の趣味は音楽である。ある日、二人は流行のダンスホールへ音楽の調査に出かける。——その時ホールに流れていた楽曲が引き金となって、若い日の「銀河号事件」が思い出される、——思いがけない真実、それは警察が解決した犯人ではなく、真犯人は医学博士の彼だったという結末である。

この「騙し絵」的な作品は好評で、卓さんはこれで三やんがいう奔流に乗れたとおもった。

さて、国民雑誌と呼ばれている『キング』は、一九二五年（大正・14）年に大日本雄弁会講談社により創刊された。先行の『文藝春秋』に対抗して、最初から「国民雑誌」を目指して編集され、百花繚羅の内容で、三五〇ページ、定価五十銭であった。これがうけて、あっという間に一〇〇万部発行の「国民雑誌」にのし上がったのである。

執筆陣も吉川英治、村上浪六、大仏次郎など錚錚たるメンバーが揃っていた。しかし、戦局が迫った昭和十八年三月号からは、誌名が敵性語のゆえによって『富士』に変更させられたが、戦後二十一年から再び『キング』の旧名に復した。当時は用紙の割り当てによって五万部が限度であった。

ところで、卓さんの『人魚の舟』が載った七月号は、八十二ページで定価五円。奥付けに「昨今品不足の為め、御手に入らぬ方が多いのですから、御求めの御方は是非一人でも多くの方に御回覧下さい」とある。当時を知る面白い記録の一つといえよう。

もう一方の掲載誌『主婦之友』七・八月合併号は、時節柄「盛夏用婦人子供服」の特集を組んでいる。「防暑帽の使い方」「サンダルの作り方」とか「簡易冷蔵庫の作り方」など、まさに主婦向けの手づくり指南書である。その中で卓さんの『奇妙な家の物語』は、巻頭を飾った。雑多な実用書の牽引車のようで、読者の興味を引くに十分だった。

物語の冒頭部は「奇妙な家」の見取り図の説明が、読者が納得するまで続く。主婦たちの多くが、まだバラック住みであることを想定した設定は見事である。

さて、作品を要約すれば次のようになる。

——四間通りの表通りから、裏路地まで南北に縦長に建てられた二階造りの二軒長屋。それだけで南の家と北の家ではハンデがあるのに、南の家の二階が北の家へ一部屋分張り出している。しかも、南家は門構えで、庭には花が咲き、二階はグランドピアノをおいたピアノ教室。水洗トイレも完備している。

これに反して北の家は、庭はおろかトタン塀が窓にくっつく程で、二階は六畳の寝室がやっとの間取り。南家でピアノ練習が始まれば、主人は一閑張《いっかんば》りの古机を抱えて、あちこち逃げ回る始末。しかも、北家から南家へ行くには、路地から隣の家を一周しなければならない。もう造りそのものが「奇妙な家」である。この奇妙さが分からないと、物語は始まらない。

南家はピアノ教師原田道子、北家は佐藤源之助夫妻と娘の文枝。両家の関係は、いわば女王と召し使いのような他人行儀だったが、ピアノを通して徐徐に人情味が深まっていく——。

いかにもありそうな話の展開が、主な読者である主婦たちを安心させるだろう。

これら二作品を書き終えて、卓さんは教師と作家の二足の草鞋を履き続ける自信めいたものを再び感じていた。

「三やんは『奔流に乗る』といっていたが、俺は本気で二足の草鞋を履く心算《つもり》だ」

さきの『キング』に載った『人魚の船』は、意表を突いたトリックが話題となっていた。

それかあらぬか、トリックの大御所江戸川乱歩から誘いがあった。

誘われるままに卓さんは乱歩邸の「土曜会」に顔を出すようになる。この会は直接に乱歩から指導を受けるというより、お互いに作品を批評しあうことによって、制作技量を磨きあうという道場形式の集まりであった。ざっくばらんな話し合いのなかに、トリックのヒントなどが転がっていた。『人魚の船』で苦労した「踊り子失踪のトリック」が、この専門道場で話題になったと聞いて、物書きの勇気と自信らしいものをもらったと思った。

乱歩が創設した「探偵作家クラブ」は、「第一回探偵作家クラブ賞」を木々高太郎が受賞した。木々はすでに『人生の阿呆』で「第四回直木賞」を受賞した直木賞作家であり、今日の「推理小説」ジャンルを提唱した人である。

卓さんは土曜会の雑談めいた雰囲気が気に入った。たとえば、小学生が自作の万華鏡を覗いて、「万華の変化」に驚いた時の気持ち、これが探偵ものを書く時の真髄だ、などと他愛もない会話。あるいは迷路を全力疾走する冒険心こそ、読者をアッといわせるトリックの原点だ、と主張する人。また卓さんは、『人魚の船』の、迷宮入りの真犯人が、主人公の友人だったという「オチが、読者の心を貫いた」という評に、いささかの自信をもった。

探偵小説のお手柄は、トリックの妙と、場面転換のカラクリが柱だと見極めた卓さんは、猛然と第一作に取りかかった。平たくいえば、読者の興味を満足させる良質な嘘の制作である。

卓さんは場面をもっとも破綻《はたん》の少ない大学受験の場とし、主人公を「私」にした。自分の体験をベースにすれば、致命的破綻は免れると踏んだ。そして四十枚ほどの作品「智恵の環」を、探偵雑誌『LOOK』誌に発表したのである。

「私は予科の入学試験の監督をしていました。講師から教授になることに内定していた二十八歳の三月下旬です」

と、作品『智恵の環』は始まる。そして、私は二百名をつめこんだ合併大教室で、一日五時間の監督業務につく。時間的にも重労働だが、それ以上に「入試監督」という特殊な業務内容が精神をしめつけて疲労させるのだった。入学試験という真剣勝負につきもののカンニングや替え玉といった悪魔を未然に防ぐのが監督の任務なのだ。――だから監督者は実に単調で退屈な時間を緊張で過ごさなければならないのである。悪魔はこの一対二〇〇の緊張の隙間を狙っている。

作者は読者がこの状況の単調さに飽きないようにと、

空《むな》しさや咎《とが》は度《たび》あるこの血筋《ちすじ》
残《のこ》るあひだは門《かど》や差《さ》しなむ　（回文歌）

などと、自作の回文歌などを紹介して、退屈さから脱出させるのであった。

さて、四月から新学期が始まり、教授に昇任した私は、一年C組のクラス主任になった。ところがクラスのなかに、あの難関入試を突破できたとは思えない学力劣等者がいた。部活は熱心だが私の厚意の補習にも乗ってこない。不審に思った私は、その原因究明を入試成績の分析から始めた。と、はからずも姿を現したのは、入試悪魔の「替え玉受験」であった。自分の監督ぶりを思いだしても実に信じ難い事実である。しかも追跡した結果、正体を現したのは、なんと彼の姉だった。

だが、こんな見え見えのどんでん返しなどは、とうていトリックとは呼べないだろう。卓さんは江戸川乱歩の厚意に感謝しながらも、カンバスの縁をなぞるように、推理小説から離れていった。

七章・『文人楽』の本懐

1、女房さがし

一九五七年（昭和・32）三月、妻綾子が桜とともに逝ってしまった。胃癌という悪魔に憑りつかれて以来、覚悟はしていたものの、この日のくるのを恐れていた。心配していた苦痛も訴えなかったので、手を握って顔を接して看取った。おだやかな死顔だった。遺された子供は男二人、女二人の四人。長女は二十歳になっていたが末っ子の次男は七歳で、学齢にはなっていたがまだほんの子供である。母の死を悲しむより、突然の弔問客にはしゃぐほどだった。

すぐに、あれもこれもと妻がいない困惑さが襲ってきた。男やもめの労働と虚しさは想像以上の重荷だった。やがてこれら家事労働にも馴れたころ、本当の寂しさが身にしみてきた。『女房さがし』などの雑文をさる雑誌に寄稿したり、子供向きの『お伽草子』や『聖徳太子』などの執筆も、心の空洞を埋めるためだった。とりあげる素材もおのずから古典ものや歴史的人物に向けられた。なかでも第三回芥川賞候補になった『遣唐船』を子供向けに衣替えした『遣唐船ものがたり』や『義経弁慶物語』などは、子供たちに大歓迎で迎えられ、自然に心も穏やかになっていった。

『女房さがし』は、妻を失ってから半年後に、ぼやき心で綴った随筆である。雑誌に発表するという事は、再婚したいという本音の公開である。人は何物かに仮託せずに自分の欲望を語る事を躊躇するものだ。卓さんは「あえて書く」と自分を素っ裸にすることでこの壁を破ろうとした。

「私は五十一歳で四人の子をもつ男やもめ。T大学の教授で月給四万五千。両親とは別居、健康には自信がある。亡妻とは二十年間ウマのあった生活を過ごしてきた」

――そして、ズバリ再婚相手の条件を記す。

「なによりも性格のなごやかさと、健康であること。できれば亡妻よりも若く、初婚者で、旧制女学校ぐらいの教養のある人。できれば西洋音楽への趣味があれば申し分ない」

いい気なもんだと、読者はおもうだろう。しかし、「すくなくとも私はこの文を、ふざけや冗談で綴っているのではない」と明言する。このおおらかさ！　卓さんの真骨頂である。

父子家庭ながら団欒の中で、子供たちもお手伝いさんになついて成長していた。卓さんは亡き妻の三周忌の法要を済ませた。二年前のあの日と同じように桜が舞いだしていた。卓さんは墓前で律儀に松本徳子と再婚することを報告した。ほどなくして、子どもがはしゃぐ家庭が再び戻ってきたのである。

創作意欲が爆発したように噴出した。めざす読者は赤い鼻緒の少女や、朝日印の運動靴の少年たちである。いつか、いつかと出番を待っていたのは、歴史上の人物たちだった。『源氏物語』『平安朝物語』『白拍子の意地』『神通力に惑う美貌の皇后』『太田道灌と東京』『謎の武将・楠木正儀《まさのり》の生涯』等々である。

その後も卓さんは、子どもたちの笑顔を追って筆を進めていく。新しく履き換えた草鞋は、子供向けの「史話」の数々であった。これも奔流に乗った姿かと、卓さんは自信満々である。

2、ドイツ遊学

翌一九六〇年の新学期を迎え、安藤熙教授はハンブルグ大学との交換教授として渡独することになった。継母にすっかりなついた子供たちを残して、卓さんは安心してドイツへ渡ったのであった。

ハンブルグ大学における担当は「日本文化の諸相」の講義が中心であったが、内容は独自の組み立てが許されていた。卓さんは生々しい現実問題を避けて、日本文化の特質である「外来文化の融合的発展」について講義を開いた。独特の「島国日本」の文化形成に力点を置いたものである。日本神話とギリシャ神話の発生に関する考察など、学生たちの興味をそそったようだ。

日本神話には争いがあっても残虐性がない、幾つもの神話が一つの体系に収斂《しゅうれん》される不思議さがある、など異文化の具体的な話に、学生たちは目を輝かせて質問してきた。つまり異国間の文学講座がスムーズに展開していったのである。卓さんはドイツの学生たちと語るにつれて、あらためて民族とか、宗教とか、領土・国家のことなどに思いをはせた。

思えば、つい十五年前まで日本もドイツも世界を相手に戦争していたのだ。そして敗れて、惨憺たる生活を味わってきたのだ。目の前の学生たちは、表面そしらぬ顔をしているけれど、彼らは触れたくない歴史の事実を知っている。たまたまユダヤの話になると、彼らは何となく息をひそめる。卓さんも言葉に出してから、胸が痛んだ。

先ごろ観光の足を延ばしてミュンヘンの近くのダッハウの街に残されたユダヤ人収容所をみてきたばかりだ。ガス室や焼却炉などが、当時のまま残されていた。見学者の想像力がどんなに貧弱であっても、犠牲者の阿鼻叫喚《あびきょうかん》を消すことはできない。『アンネの日記』などを通して、ナチスのユダヤ迫害の有り様は一般に知られるようになったが、それだけにアウシュビッツなどの強制収容所の惨劇はいたましい。この生々しい事件の指導者ヒトラーは、奇しくも卓さんの傾倒するリヒャルト・ワーグナーの愛好者だった。もちろん、音楽を通しての親近感のことであるが、じつはワーグナーがユダヤ人を嫌悪していたことも無視できない。実にワーグナーの世代は、ユダヤ人の建国をめぐって、全ヨーロッパが反ユダヤ的であったのだ。それにしても、先鋭化したナチスが行った残虐行為は許せない。

卓さんの渡独は留学ではなく、文化交流が主だったので、講座以外は時間的余裕もあった。許す限り旅に出て、ジャーマン文化の実体に触れようと願った。憧れのバイロイトの祝祭劇場へは四日間も通いつめ、正面入り口の石段に座り込んで想いをはせる。卓さんはそのままの姿勢でワーグナーの生涯の傑作『ニーベルングの指輪』を、一章毎に瞑想した。とくに最後の『神々の黄昏』では、なにものにも妨げられない恍惚の境地に浸っていた。

劇場が休演中なのでバイロイトの街全体が、しっとりと休んでいるようだった。

「以前に私が主題としたのは『神々の黄昏』より厳しい「神々の顚落」だった」と、卓さんは振り返る。

——そう、三十年ほど前、私は若さにまかせてオペラ制作を思い立った。好きだった音楽のなかでも、はまり込んだワーグナーの『神々の黄昏』がお手本だった。美しく流れるような楽曲、活き活きと舞台を観客の思いに広げていく主役たち。神々が人間愛に満ちている、こんな不滅な楽曲が創れたら――

もちろん素材は日本の神話に求めた。なかでも国造り神話を舞台にし、最も人間臭いスサノオノミコトを主役にしようと考えた。

アマテラス、ツクヨミ、スサノオ。男神イザナキから生まれたこの三柱の神は、その誕生物語からしてドラマチックだった。

そう、火の神を産んだために自身も焼けて、ヨミの国へいってしまった妻イザナミを呼び戻そうと、夫イザナキはヨミの国を訪れる。そこでウジ虫が這いまわる異界の者となってしまった妻イザナミをみて、度肝をぬかして逃げ帰る。ウジ虫をボロボロ散らしながら追いかけるイザナミやヨミの我鬼ども。あわや！　というところで、やっと高天原に逃げ帰ったイザナキは、天の川の清流で身を清める。この禊《みそぎ》のとき、右目からアマテラス、左目からツクヨミ、鼻からスサノオが産まれた。天神の国に初めて産まれた三柱の神は、アマテラスが太陽神として昼の世界を、ツクヨミは月神として夜の世界を、そしてスサノオは風雨の神として大地を治めることになる。スサノオは生まれながらにして暴れん坊であり、また、末弟としての甘えん坊でもあった。

時が経つにつれ、スサノオのやんちゃ振りは度を越して、とうとう天界から追放されてしまう。「転落した神」スサノオは地上界に降りて、その国に仇なす「八岐の大蛇《やまたおろち》」を退治して国を救い、贖罪《しょくざい》の禊を済ます。このようにして、新しい国「出雲」が建国されたのであった。

八雲たつ出雲八重垣妻ごみに——美しい出雲の建国神話である。

心ゆくまでバイロイトの祝祭劇場の空気を味わった卓さんは、あらためてワーグナーの偉大さ、奇跡のような専用劇場の雰囲気を楽しんだ。文学仲間が私を「プチ露伴」と呼んでいるが、いつか私は「プチワーグナー」と呼ばれるようになりたい。スサノオを「転落する神」と呼ばないで、ジークフリートのような英雄に見直したいと、心から思った。

卓さんは構想をもってからすでに三十年も過ぎているスサノオ神話を、もう一度蘇らせたいと思った。天界のならず者が、地の国の平和をもたらす神聖な王になるという、実に人間的な神話なのだ。スサノオの贖罪の思いは、敗戦後に生き残った者たちが等しく抱いた思いでもある。「お国のために命を捧げる」という美しい言葉に洗脳された自分達は、まさに時代の児であった。

三十年前、大学出たてに意気軒昂として書いた一幕目は、何とも陰気な山あいの風景だった――

「ああ、うるわしき高天原を追いはらわれて、暗くさびしき出雲の国をさまよい行くも、過ぎし日犯ししまがごとの故に――」

とスサノオの歌で始まる。これではやっぱり暗い。

ワーグナーの『神々の黄昏』では、美しい序章の後に幕が上がると、ジークフリートのテノールが「素晴しい女性よ、あなたは私に、私が覚えられる以上のものを与えてくれた」と響く――「ブリュンヒルデは私のために生きていることだ。ブリュンヒルデのことを想っていることだ」

と愛する人、ブリュンヒルデに呼びかける。そして別れには、

「ブリュンヒルデ、輝く星よ、お元気で！　万歳、輝かしい愛よ！」

「ジークフリート、勝利の光よ、ご無事で！　万歳、輝く命よ！」

と応答する。

この当時ドイツで流行っていた学校劇を日本でも取り入れるとしたら、生徒の感情を十二分に想いとって、ぱあーっと明るく幕を開けなければならない。

「まだ諦めたわけじゃない」

と卓さんはつぶやく。あのテーマが完結しなければ、自身の自尊心とやらに謝罪しなければ

ばならない。若い日に、生涯を賭けた夢だったのだ。夢とは実現しなければ、一文の価値もない。卓さんは、まだ完結させる力も時間もあると、自分に言い聞かせた。

若い日の夢といえば、母幸もこの地で若い日の芽を育《はぐく》んでいたはずである。芽は大きな蕾となって、帰国後に花開いたのであった。

母幸は東京音楽学校の研究科生であった一八九九年（明治32）文部省音楽科海外留学生としてベルリンへ渡った。二十一歳の若さだった。同じ研究生の滝廉太郎や小山作之助をさしおいての抜擢である。

この決定には早速物言いがついた。

当時、大衆的人気を博していた『万朝報』が、「留学生には当然滝廉太郎が推挙されるべきところ、幸田幸が選ばれたのは、幸田延教授の身びいきによるもの」という趣旨の中傷記事を載せたのである。ここに名指しされた幸田延教授とは、幸田幸の実の姉で、すでに第一回音楽海外留学生として、ボストン、ウイーンに留学し、帰国するや二十五歳の若さで母校東京音楽学校教授の席にあった。「上野の女帝」とかげで呼ばれるほど、西洋音楽黎明期の実力者である。

このような中傷はよくあることだが、この際は当事者の幸よりも滝廉太郎が驚いた。二人は競い合う学友であり、親友であり、ひそかに想い合う仲でもあったのだ。滝は二人の共通の友人である鈴木と一緒に幸の家を訪れた。そして海外留学への憧れはあっても、決してライバルをおとしめるような気持ちは微塵も持ったことはない、と断言した。幸も一点の疑念も抱いていなかった。

卓さんは母がいまでも鏡台の奥に、大切に保存している香水の小さな空瓶を知っている。それは廉太郎が留学を祝って贈ってくれた香水瓶だ。母は長い船旅で気分がすぐれない時、この香水に元気づけられたと語ったことがある……。

卓さんは母が四年間学んだベルリン高等音楽学校を訪れた。写真で見るより優しい雰囲気の建物だった。母はどんなに心躍らせて、この学校で巨匠ヨアヒムの指導を受けたか想像にかたくない。母は現在でも愛用の楽器棚に、恩師ヨアヒムのサイン入りの写真を飾っている。

翌々年の一九〇一年（明治34）五月、廉太郎も同じく音楽留学生としてベルリンにやってきた。彼は音楽家の野心どおり、「荒城の月」、「箱根山」、「はとぽっぽ」などの後世に残る名曲を引っ提げての渡独であった。幸は留学の先輩としてベルリンで彼を迎えた。二年ぶりの再会だった。幸は食事をともにしながら、故国の話に耳をかたむけた。話はつきない。

幸はバックから香水瓶をとりだして、改めてお礼をいった。

「――おかげで船酔いなどいっぺんもしなかったわ」

廉太郎ははにかんだ微笑を返した。

廉太郎の留学先はライプツィヒ王立音楽院だったので、ベルリン滞在は僅かだった。卓さんはライプツィヒの王立音楽院も訪れた。卓さんにとっては縁のない街だと思っていたが、まだ独身時代の母や、恋人ともいえる廉太郎のことなどを想うと、外国にまで巡る不思議な縁に思いを深くした。

卓さんはドイツ文学者としてよりも、作家の目でドイツ旅行を楽しんでいた。どの旅にも新しい発見があった。卓さんはこの旅の収穫を、妻徳子に心をこめて書き送った。結婚してまだ一年ちょっと。いわば新婚気分の筈なのに、継母として独り小・中学生のやんちゃ兄弟の面倒をみている妻への感謝の印だった。

伯母は六年、母は四年、私は一年のドイツでの生活。一九六一年（昭和36）初夏、卓さんは新たな抱負を胸に帰国した。上野の丘は新緑がしきりで、バイロイトを想いださせた。子どもたちは一回り大きく成長していたし、徳子はすっかり安藤家の新しい家風をつくっていた。

3、『碑』創刊

ここに『辻小説集』という貴重な一冊がある。

戦意昂揚を図る目的で、昭和十八年七月「日本文学報国会」が、傘下の会員に原稿用紙一枚の掌中小説を募って、それを編集したものである。緒言に会長久米正雄は、その意図を述べている。

「南海に於ける帝国海軍の輝かしい日々決戦の戦果と、凄まじい死闘の形相、一度び国民につたはるや、吾等は満眼の涙を払って、此の前線将士の勇戦奮闘に感謝すると共に、眦《まなじり》を決して其の尊き犠牲に対する報償をなすべく立上がった。――中略――吾等文学を以て報国の一念に燃ゆるもの、その先登《せんとう》に立って、欣然是に参加したのは言ふ迄もない。――後略」

呼びかけに応じて集まった二〇七篇を、本書にまとめたとある。

昭和十八年といえば、時系列では連合艦隊司令長官山本五十六がソロモン上空で戦死した年であり、遠くアリュウシャン列島のアッツ島守備隊が玉砕した年である。

さて、この『辻小説集』なるものを開いてみると、文壇の錚々《そうそう》たるメンバーの中に高木卓も太宰治、豊田三郎も、長崎謙次郎の名もみることができる。

一九六二年の新学期早々に、大学の研究室に長崎謙次郎が訪ねてきた。以前から「文学報国会」などで顔見知りではあったが、親しく言葉を交わしたことはなかったので、怪訝な顔で迎えた。長崎は挨拶もそこそこに用件をきりだした。

「同人誌について貴兄と話をしたい。すこし長い話になろうから、できれば他所でお茶でも飲みながら話したい。都合をつけて頂けませんか。待ちます、今日中に話したい――」

低姿勢だが有無を言わせない緊張感が伝わってきた。卓さんは後を研究員にまかせ、長崎を例の「リョウモン」にさそった。運よく指定席のステンドグラス席が空いていた。看板娘が、炒《い》れたての香りを運んでくれた。

「今度、大人の同人誌を創る。ぜひメンバーに加わってほしい。君の力が必要なんだ」

一秒を惜しむように長崎が口を開く。

「いま、文学修業の同人誌は山ほどある。だが、今日、真に要望されているのは大人の文学だ。世に出してやらねばならぬ作品や作家は山ほどいる。そんな仲間と肩を組みたい。彼らの作品を世に送りたい。目論んでいた二十人ほどが賛同してくれた。俺が厚かましくもこうして口説くのは、文壇の外にあって、大人の読書界にも、子供の知識欲にも応えている君の姿勢に魅力をもつからだ。看板男に据えようなどという僭越なことは考えていない。だが、同人たちの、『要《かなめ》の位置』に座ってほしい」

熱っぽい口調に卓さんはたじろいだ。俺はこういう事に弱いんだな、と心の姿勢を立て直そうとするが、性格はどうしようもない。卓さんは舵を正面にきる。

「で、仲間たちはどんな人たち？　孵化間もない文学青年でないとすれば、よほどの根性人たちだろう」

手ごたえを感じた長崎は、

「本業はそれぞれだが、文学青年の法被《はっぴ》を脱ぎ捨てた連中たちだ。貴君を加えて二十一名。平均年齢五十歳というところだ」

卓さんは驚いた、俺に近い年齢だ！　この年齢の連中がもう一度文学結社を立ち上げようというのだ。老いてはいないが、若くはないという意識に沈澱しかけていた卓さんの心は動揺した。忸怩《じくじ》たる思いの戦後十数年が過ぎて、ようやく平常心を摑んだと思ったのは、老に向かう一種の擬態だったのか。

「読者が待っているんだ。第三の新人とか、ベストセラー作品なんかには目もくれない読者がいるんだよ。反動めいた旋毛曲がりじゃない。じっくりと戦後を見つめ直す、大人の文学を待っている読者がいるんだ」

長崎は物に憑かれたように一気に語る。五十歳の仲間たちが、また新しく文学の情熱をかき立てるのは容易ではあるまい。にもかかわらず挑戦するのは、自分の存在証明のためかも知れない。

「うん、おもしろい、と言っちゃなんだが、『待っている読者がいる』、という見極めが面白い。新人に盾突《たて》くつもりはさらさらないが、『文学とは、こういうもんだ！』という、いぶし銀のような作品を世におくるのも悪くはないな」

「よし、決まった！」

長崎は立ち上がって、大げさに卓さんの肩を叩いた。

「誌名は『碑《いしぶみ》』と決めている。古風な名前だが、作品は本人の生きて来た碑だ。石に刻むつもりでペンを走らせるという覚悟を込めてね。――いってみれば、二重括弧で括る在野文学者の心意気というもんだ」

と言い残して長崎は上機嫌で帰って行った。

同年五月（昭和３７）文学季刊誌『碑』は創刊された。発刊同人は二十一名。発行所は長崎謙次郎方においた。頒価一〇〇円はいかにも同人誌くさいが、表紙をあけた第一ページの「編集のはじめに」を目にすると、ああやっぱり、と目を輝かせる。こうある。

〇、「この雑誌には目次がない。どこからでも自由にひらいて頂きたい。目次面で価値やバリューの高低を決めてみせるマスコミ的方法は、本誌には必要がないわけである。

○、「いしぶみ」は読んで字のごとく碑である。碑に発表されるものはすべて自ら選した碑文である。いわば会員個々の遺銘でもある。

○、本号では作品欄の他に短篇作品欄を設けた。われわれは愚大作を圧倒する珠玉の名品のうまれることにも期待をかけたい。

と、長崎の『碑』発行の意図が明確に記されてある。編集後記とするところを「編集のはじめ」にしたあたりまでは、長崎謙次郎らしいと思うが、「目次」のないのにはいささか閉口する。どこからでも自由にというが、作品名も作者名も手あたり次第というのでは、読者にはもどかしい。気取った編集意図も迷惑意図になりかねない。

4、父母との永訣

卓さんは『碑』創刊号には何も書かなかった。時間的に間に合わなかったのである。さらに二号、三号も創作する余裕がなく、ドイツ滞在中の「ドイツ日記抄」を載せるにとどまった。というのも、年をまたいで父と母を相次いで亡くしたからである。

父勝一郎は結婚後の生活の殆どを、京都で独り過ごした。というのも、妻の幸が東京音楽学校教授の職を辞めることが出来なかったので、三高教授の夫とは、いわゆる東京と京都の遠隔結婚という姿にならざるをえなかった。このように私生活を犠牲にしたのも、幸の日本的な義理だてのせいであった。

幸は四年間のドイツ留学から帰国するや、すぐ母校の教授に就いた。世界の巨匠ヨァヒムの弟子・バイオリン奏者の第一人者として遇されたのである。

そのとき、夫となる安藤勝一郎は同校の英語・英文学の教授であった。同僚として二年、二人は結婚した。同年齢のおしどり夫婦と評判であった。世は日露戦争の勝利に興奮していた。長男熙が生まれたのは二年後の一九〇七年である。

翌年、勝一郎は第三高等学校教授として赴任することになったが、幸は母校の教授を辞めるわけにはいかなかった。暗黙の了解として、留学のお礼奉公というしきたりが幸の心にわだかまっていた。夫婦は話し合ったすえ、別居生活をきめたのである。

明治時代の東京と京都の間は遠かった。簡単に週末に帰る訳にもいかない。若い夫婦が考えだした妙案は、東京と京都の中間で落ち合うことだった。こんな一見合理的な「逢い引き婚」は、他人からみればお伽噺のようなロマンに見えた。ロマンの中で、幸は四男一女の母となった。

勝一郎は京都大学を定年退任した後も関西に留まり、大阪成蹊女子高等学校校長や、京都女子大学学長などを務めた。

一九六二年（昭和３７）十一月二十六日、勝一郎は八十三歳の生涯を閉じた。卓さんは心ならずも親孝行らしいことをしなかったことを悔やんだ。父との思い出は点と点との交差であって、いわゆる団欒の想い出は少なかった。そんな想い出を胸に、列車に揺られて後始末のために京都を往復した。遺品を片づけながら、研究領域こそ違え親子同じ人生コースを辿っていることを強く感じた。「おい、熙！」「何だ親父！」逝ってからしみじみ呼びかけていた。

父親の遺品整理という雑用が一段落した一九六三年（昭和・３８）三月、後を追うように母幸が倒れた。幸は三男馨夫婦と同居していた。といっても馨一家は二階に住み、一階はバイオリンのお稽古場として幸が住んでいた。運悪く馨夫妻は仕事でアメリカに滞在中だったが、高校生の孫の庸子が異常に気づいた。ただちに虎ノ門病院に運ばれた。クモ膜下出血であった。卓さんが駆けつけたときは、すでに意識不明の重患であった。馨夫妻もただちに帰国したが、幸の意識は戻らなかった。そんな状態で半月あまり持ちこたえたが、四月八日、しずかに昇天した。幸はマリア・アウグスティーナの洗礼名をもつ、敬虔なカトリック教徒であった。享年八十四歳と四カ月。夫が逝ってから僅か四カ月半であった。

立て続けに父と母を失った卓さんは、しばらく呆然としていた。父とは幼年期いらい、母とも戦後の一時期を除いては同居したことがない。長男としては何という不甲斐なさかと、忸怩たる思いである。卓さんは母の誕生祝いの古い写真をしみじみとながめた。母を中心に前列に十人をこす孫たち、背後に並んだ子供たち。父が写っていないのが実に残念だ。幸はこの写真を撮った後、隣接する上智大学のデュモリン神父のお導きによって受洗したのであった。

卓さんは素っ裸になったような異様な感覚に襲われた。父母を亡くしたからといって、滅入ってはいられない。平静になれば老父母の死は、ごく自然のなりゆきにすぎない。春播きのジャガイモが芽吹いている。幾つかに切り分けて播かねばならぬ。

5、師・ワーグナーへの軌道

卓さんは長崎謙次郎から『碑』に誘われたとき、「大人の文学」を創ると言われて賛同した事を思いだしていた。自分にとって「大人の文学」とは、若き日に決心した「オペラ制作」以外にないと思う。それも、「自詞自曲」でなければ意味がない。つまり、文学領域と音楽領域が合体し、昇華した「オペラ」制作が、目的なのだ。敬愛してやまない巨匠ワーグナーは、独善的といえば独善だが、自分の作品を上演する専属の劇場まで造ったではないか。音楽的効果、視覚的効果、それになによりも優先するオペラ的雰囲気。バイロイトの祝祭劇場では、十五時間もかかる『ニーベルングの指輪』が繚乱《りょうらん》の花園のように上演できたのだ。もちろん、内容は『ラインの黄金』から『神々の黄昏』まで四部に分かれているが、何日もの日数をかけて上演される一篇のオペラ。究極の芸術というべきだろう。

「俺はワーグナーに熱狂的に憧れた」と卓さんは声にだして憚《はばか》らない。中学四年から第一高等学校を受験した時も、背後にワーグナーが鳴っていた。この飛び級受験に失敗したのも、ワーグナーのせいかも知れないと、不合格を自ら慰めたほどである。

大学卒業時、級友の豊田三郎にすすめられて『制作』という同人雑誌を創った。そこにワーグナー張りのオペラ台本『神々の顚落』を書いた。ピアノ曲を完成させると予告までしたが、結局力不足で頓挫した。強力な壁に打ちのめされた。だが、一〇〇回聴いて一〇回理解し、その中の一回分を自分のものにすればいいと、ワーグナーを慕いつづけてきたのであった。

だから素っ裸になってこれからの事を思うとき、卓さんは慕い続け、追い続けたワーグナーの評伝をまとめあげることを第一に思った。そして、ワーグナーの一回分を自分の力で創ろうと、決意を固めたのである。

卓さんがまず手をつけたのは歌劇『トリスタンとイゾルテ』および『ベートーベンまいり』

の改訳であった。それに並行して『碑』に「歌劇への思い」を綴った。これは随筆とも論文ともつかない小文ではあるが、目をこらすと卓さんの心の声が聞こえてくる。オペラ創作への願望が本音で響いてくる。もう仮面は着けない。「旧作への加筆や添削ということは古い家をいじるようなもので、とても手にはおえない。むしろ、すっかり書き改めるほうがいい」と新たな取り組みを示唆している。

三十数年間も胸に納められた燠の灰を払って、もう一度「オペラ完結」へ向かおうとするドラの音だった。

「ワーグナー」をまとめようと鞭をいれた矢先、音楽之友社からいい話が舞い込んだ。当社の看板企画である『大音楽家・人と作品』シリーズの一冊に「ワーグナー」を執筆してほしいという依頼である。卓さんは二つ返事で引き受けた。

つい先年、バイロイトでワーグナーの空気を十分味わい、祝祭劇場にあって思いの丈を偲んできたばかりである。ここにワーグナーをまとめることは、生涯の夢であるオペラ制作に直結している。「タイミングがいい、風が吹いた」と卓さんはフンドシを締め直した。

シリーズは全三十巻で、『ワーグナー・高木卓』は、第九巻であった。

いつも頭から離れない「スサノオ物語」が一緒に動き出すような気がした。

旅行中に祝祭劇場でお世話になった知人のバルト氏にも手紙で知らせた。また、バイロイトの何気ないたたずまいの新鮮さは、随筆『バイロイト小景』として、日本ゲーテ協会の『べりひて』誌にも載せた。ドレスデンから薫風が吹いてくるようで、卓さんは新鮮な気持ちで執筆に精を出した。以前に訳した『トリスタンとイゾルテ』を改訳したり、同じく『ベートーベンまいり』に筆を加えたりした。月刊『ドイツ語』に新たに『トリスタンとイゾルテ』を執筆したが、これらの仕事を通して、評伝執筆の難しさや面白さが分かってきた。いわゆる人間性と芸術性をまとめる難しさである。

ワーグナーの全作品をバイロイトの祝祭劇場に集約してしまっては、小さく固定化してしまう。ワーグナーはロシヤのリガやイギリスにも放浪し、ミラノを愛し、遠くシチリア島のパレルモにまで曲想の場を延ばしている。ワーグナーの作曲の妙はこんな体験の上に発想されていることを忘れてはならないのだ。

苦心を重ねたシリーズ第九巻『ワーグナー』は、一九六六年に刊行された。

さて、この本の「まえがき」に、卓さんは思いきって記した。

「若い日に、私は大胆にも『思想家、芸術家、人間としての、リヒャルト・ワーグナーの発展過程』という表題の卒業論文をドイツ語でかいたが、この臆面のなさにくらべると、いまの私は、よほど小心翼々としている。――略」

卒論を書いた若い日というのは一九三〇年（昭和5）であるから、いまから三十六年も昔のことである。「ワーグナーに、よくも多年あきもせず関心をもちつづけてきたものだ」という一言から、卓さんとワーグナーの関係が、決定的な姿で浮き上がってくる。

と同時に卓さんは、今日の心境を率直に『碑』に書いている。（1963・12）

「私はかねてから歌劇をかきたいと思っていた。三十年あまりまえ『制作』という同人雑誌に『転落する神々』という歌劇台本を発表し、二カ月以内に作曲を完結する予定と書きそえておいたが、私はついにそれを果たさなかった。――」

尊敬する師ワーグナーの評伝を書き終えて、最後に残ったのは、若き日の夢である自詞自曲の「歌劇制作」だけとなった。辛いことではあるがしっかり反省してみる。

第一回目は意欲満々で、台本まで進めたが作曲は成らなかった。それから三十年間、幾度か創作の意欲をかき立てる機会があったが、いつも炎にまではいたらなかった。夢が消えないのに実践できないのは、やれ多忙だとか、先にしなければならない仕事があるとか、いまだ機が熟さないとか、あれこれ逃げ口上をつくって、やらなかっただけのことだ。

「いつか爆発が起きるだろう、そこが勝負時だ！」なんという自己欺瞞。

「今度こそはけじめをつける」と卓さんは腹をくくった。ありふれたことだが、定年という人生の第一ステージから降りる、決定的な節目が近づいていた。

6、新鮮な節目

その日がまだ二年も先なのに、埼玉県に開学した独協大学から、教授の席で迎えたいと話があった。

独協大学は、一八八三年（明治16）に品川弥二郎が「独逸学協会学校」を設立し、西周《にしあまね》を校長に招いて開校したのに始まる。ドイツ語、ドイツの法律・政治学を中心とする中等教育機関であった。戦後の新学制に独協学園となり一九六四年独協大学を開校した。外国語、経済、法学の三学部がある。

なかでも外国語学部が中心で、ドイツ語、英語、フランス語科の三科がある。一九六四年の開学であるから、六六年四月からは、教養課程から本科への進級の年となる。学園側も本科開講にあわせて、定年を迎える卓さんに声をかけてきたのであった。担当科は「ドイツ文学、ドイツ音楽」という。文学と音楽をセットにするなど、先を読んだ配慮に卓さんは承諾した。末っ子の哲も大学生になる年である。いつまでも若い学生たちと接していたいと思っていた卓さんは、独協大学での第二ステージを待ち遠しく思う。

東大の「安藤熙教授最終講義」は法文系の大教室が満席になった。文学部だけでなく他学部の顔もかなりあるのは、名講義を拝聴するというより、作家高木卓の素顔の話を聞きたいという雰囲気があった。それも「芥川賞辞退作家」としての評判のようだ。

思えば卓さんが芥川賞を辞退したとき、激怒した菊池寛が「受賞以上に有名にしてしまった」と素っ頓狂な声を上げたが、振り返って見れば、辞退の勲章は受賞の時計より輝いている。今年は芥川賞も五十七回、（1967・上期）となる。――私が辞退したのは第十一回、はるか彼方の事である。自分でいうのも変だが、「あれは世間様がいうような『芥川賞辞退事件』などではなく、作者のわがままで受賞を辞退しただけの事さ。だから私は二度と辞退問題には触れてこなかった」と呟く。

講義は学生たちの熱気に押されて、講義ノートから大きく脱線し、文学と音楽の話になっていった。

「視覚と聴覚を磨きあげ、鍛えあげて、その合体したところに立体的な、いわば五次元的な魅力ある芸術が創られる。それがオペラです」

　卓さんは言葉をきって学生たちの顔をみる。彼らの輝くような反応をみて、きっぱり、

「だからオペラはバラバラに分解して鑑賞してはなりません。当然ながら制作に当たっては、作詞も作曲も自分でするのが理想といえましょう。ワーグナーはそれを見事に実践しました。さらに彼は上演に当たっては、自ら指揮をとりました。さらに、さらに、自分のオペラを専属に上演する劇場まで造ってしまったのですから、驚きですね。バイロイトにある祝祭劇場です。

　諸君、この話をきっかけに馴染みの『タンホイザー』を思いだして下さい。また機会があったら、一幕でもいいから『ニーベルングの指環』を観てほしいものです」

　安藤教授のお別れ講義なのに、いつの間にか作家高木卓の講座になっていた。聴講生に混じって長男の嵩と次男の哲の顔もあった。


　安藤教授は三顧の礼をもって独協大学に迎えられた。キャンパスは本科生の教室を中心に活気があった。

　初講義は自己紹介から始まるのが常識である。卓さんは教壇に上がると、静粛にいずまいを正した学生たちに、握手の手をさし伸べながら、

「学生諸君、今日は、私が担当の安藤です。よろしく」

ドイツ語の挨拶に教室は一瞬緊張に包まれた。と一人の学生が立ち上がった。

「お待ちしてました、安藤先生。東大から私たちの独協大へ、ようこそおいで下さいました。どうか私たちにも東大流に……」

と、流暢なドイツ語で迎えられたのである。これでこそ独協大だ、と感心しながら、いつしか安藤教授から高木卓へと移っていった。

「文学を論ずる者は、一篇の小説を書かねばなりません。同様に音楽を論ずる者は、一篇の楽曲を持たねばなりません。しかし、これは言うは易く、実践は難いものです。私は身を持って感じています。私はこれまでの三十年間、一篇の楽曲を創りたいと努力し、苦労し、はては挫折を繰り返してきました。でも、絶望はしていません。灯台の一条の光を頼りに、今でも五線紙にオタマジャクシを追い続けています――」

拍手がおきた。卓さんも学生たちもホッとした。

さっそく「トーダイのオタマジャクシ」と渾名がついた。「トーダイ」は禿げ頭でも東大でもなく「ワーグナー」だと弁明したかったが、学生たちの即席ユーモアが嬉しかった。

7、五線紙病

卓さんは成績に関する教務以外の仕事は免除されているので、研究室にも余裕がある。卓さんの鞄の外ポケットには、A6判に裁断された五線紙がのぞいていた。定年を意識しだしたころから俄かに「五線紙病」が昂じてきたのである。

曲想は不意に湧いてくる、というより突然空のかなたから舞い降りてくるのだ。この瞬間を逃してはならない。キャッチし素早く記録するのだ。ピアノの前で眉間《みけん》にしわよせて徹夜したって、いい曲想が浮かぶものでもない。宇宙から飛んでくるトリノ粒子のように、不意に降ってくるものをキャッチするのが一番だ。

一小節ずつ根気よく――。しかし、待つだけが能ではない。天啓の音符を核にして、どこまで歌い上げられるかが、オペラ成功の鍵なのだ。卓さんは内でも外でも五線紙を傍らに、意欲満々だった。

真夏のその日、卓さんは東武線の竹の塚駅のホームベンチに座っていた。新しい職場にもようやく馴れ、例の「動く書斎」も快適だった。それで、つい行き先も確かめずに飛び乗り、オタマジャクシに夢中になっていたら、電車は「竹の塚」止まりだったのだ。次の電車までは間がある。卓さんはベンチに座りこみ、続きの音符を追いかけていた。——突然ホームに人が溢れた。次の電車が着いたのだ。卓さんは慌てて鞄と五線紙を抱えて飛び乗った。「あっ、帽子を忘れた」閉まったドア越しにみつけたベンチの帽子が恨めしい。車内の学生たちは見ぬふりをして、トーダイの卓先生だ、と席を譲ってくれた。


独協大学に移って三年がたった。

卓さんは自らに背水の陣をしいた。どこかで汗をかかねば「モノ」は創れない。オペラでの挫折はいやというほど味わってきたが、今度こそはと我ながら胆が据わってきている。ダモクレスの剣頭上に在り、などという受験生の心境とは一味も二味も違う。六十五歳にして「モノを完結させる」執念が腹の底から湧いてきているのだった。


文学に燃焼し尽くして逝った、長崎謙二郎の後をついだ『碑』編集長の稲葉真吾が訪ねてきた。謙二郎の「碑・追悼号」の続刊についての相談であった。

「どうだ、進んでいるかい」と仲間うちの挨拶である。

さきの『長崎謙二郎追悼号』に、卓さんは思い出の短文をのせていた。

父母をあいついで亡くした傷心の中で『碑』に参加した。それからの七年ほどの付き合いの思い出を『いぶし銀』と題して書いたのである。彼の人柄も作品も「いぶし銀」としか言いようがないと、畏敬の思いを書いたのである。

文中で、下高井戸のわが家に気軽にやってくる彼と、ビールを飲みながらの話にはふれたが、肝心の内容については書きそびれてしまった。じつはあの当時から「自詞自曲のオペラ制作」がライフワークだと話していたのである。進捗率《しんちょくりつ》80％が、いつの間にか稲葉真吾に伝わっていたのだろう。「どうだ、進んでいるか」は、卓さんの苦闘にたいするねぎらいであった。

「うん、どうにか書き上げた。いまはピアノで楽曲との調和をはかりながら、詞の推敲にはいっている」

「あんなに念入りな歌詞を、まだ訂正するというの？」

「うん、オペラは台本が生命だからね。ところが完成後は音楽が主人公になる。だから実際に歌ってみて、不具合があれば詞を曲に合わせるのさ。オペラは文学性と音楽性の融合芸術だが、本命は観客が音楽性に感動したか否かに掛かっている。そのためにワーグナーは自詞自曲にこだわったんだ」

なるほど、と稲葉は頷く。先ごろ、オペラ台本「神代ものがたり」の草稿をみせたら、サッと目を通し、「大いに結構、面白い！　オペラ台本を載せる同人雑誌など、我が『碑』をおいて他にはない。謙二郎もあの世で喜んでくれるだろう」と激励してくれた作品だった。そのとき卓さんは、ピアノ作曲が出来るまで、発表を待ってほしいと頼んだのである。

「待て、ということがよーくわかった。文学作品の『推敲』とはだいぶ意味合いが違うな。それにしても、全曲とは大変なことだろう」

「まーな、ピアノ楽譜にして、一ページ十二段構成で、およそ一五〇ページぐらいかな。オタマジャクシは音の文字だが、日常性から言ってちょっと勝手が違うんで……」

「ん……だろう。苦労わかるよ。俺などオタマジャクシの行列を見るだけで、頭の芯がくらくらする。よーくやってるなあ。すこし痩せたんじゃない？」

稲葉は卓さんの顔を盗み見た。オタマジャクシと真剣勝負している古武士の顔だと思った。

「身贔屓《みびいき》で、直したいところがいくらでもある。冒頭のスサノオと、最後のタケミカズチは共に天の国のカミだから、出雲のオオクニと争わせることは辛かった。でも『古事記』の神話を、ほぼ忠実に再現できたと思う。日本神話はおおらかさが真髄なんだ。俺が戦時中からずーっと温めてきて、ようやく完結したのも、ゆるがない民族性の神話だからだと思う」

稲葉は編集長の鋭さで、うん、うんと頷きながら素早くページをめくっている。

「学問的なことはさておいて、ライフワークが完結したことはこの上なく嬉しい。早速次号の巻頭をかざろう。なに、長くて心配？——二十四ページのオペラ台本は『碑』の堂々たる看板作品だ。ピアノ楽譜の一部も載せたいので、考えてくれないか」

稲葉は原稿を大切に鞄につめて帰っていった。

『神代ものがたり』台本は『碑』二十四号に載った。一九七三年（昭和・48）三月号である。巻頭二十四ページをしめ、カット代わりに楽譜の六小節が入れてある。

『神代ものがたり』（三幕歌劇）作詞・作曲　高木卓。

歌劇台本だけが独立した作品として、同人誌にのることは極めて稀なことであった。読者の好奇心に応えるように、「まえがき」で述べている。

「自詞自曲の歌劇制作という念願を、六十五歳のこんにち、ようやく果たしたことを、なによりうれしく思っている。

この歌劇は、片言隻句《へきげんせっく》といえども、楽譜がついている。——文人楽《ぶんじんがく》と自称してきたが、余技という遁辞や意識はもつべきではないと思う」

一見邪魔な一言だが、どうしてどうして、卓さんの本音がぽろりと落ちたのである。

この一年間、卓さんは商業誌にほとんど顔を出してない。売れ筋の子供向け作品さえ断わり通してきた。そして「文人楽」に集中してきたのであった。
「文人楽」とは、響きの優しい新造語であるが、卓さんはこの一語のなかに、三十年来の思いを叩きこんだのである。夢を乗り越えた人格そのものであった。

いつもの「おめんや」の合評会は賑やかだった。同人は十三名にへってしまったが、他誌からの参加もあって座敷は満員状態だった。参加者が多い場合は、論点整理のために、各人の一口感想から始める。
今号は卓さんの他に田村さえ『碑・四』と、八幡政男の『写真術師・三』が中心だが、どちらも連載ものなので、しぜんに卓さんの『神代ものがたり』に話題はしぼられていった。

「芝居というものは、観終わったあとの『あと味』がようなくちゃ価値がない。この点からいって、『神代ものがたり』は実に『あと味』がいい。新しい世界を予想させる余韻がある。私が下手な解説するより、最後の合唱の場面を読ませてもらおう。――《あまくだる神々も、めざめてさとる出雲よ。あまくだる神々も、さとってつなぐ出雲よ。山のさち、海のさち、八雲たつめおとのさちも、この国を、空からまもる神々のめぐみよ》
このフィナーレが印象的だね。詞もいいが、ここの楽曲は大げさにいえば、永遠に残る。

観客は『神代ものがたり』といえば、きっとこの一節を思いだすに相違ない」
みんなは、えらい持ち上げようだな、と思ったが、当の卓さんが真顔で頷いていた。他の一人も、
「いま彼が言ったように、私もフィナーレの合唱曲に大賛成だ。ちょっと理屈っぽく言えば、この幕のはじめの「国譲りの場」で、天の使いタケミカズチが歌う、
《大国主よ、おん身は、このうつし世で、たとえ現神《うつそみ》の姿はすてても、あらたに、この国の、守り神として、社のおくに鎮まって、世のひとびとの、さちを守られよ》
民衆・《聞いたか、みなのもの。国の守護者は、あらたに、守り神になられたのだ》
という国譲りが成就した安堵感との相乗効果が見事だね」
これらの感想をきっかけに、話題は台本を飛び越えて、オペラ上演を想像する楽曲の話になっていった。
戦後も四半世紀が経ち、この国の文化にも新作オペラが広がりつつあった。
「日本生まれのオペラとしては『夕鶴』あたりが有名だが、あれはお芝居の余禄というもんじゃないかな。極端にいえば、日本民話の輸出版で、団伊玖磨《だんいくま》の聴かせ所というもんだろう」
鋭い話題になった。参加者たちは『神代ものがたり』が台本だけで、楽曲がないのを不満に思っているという声に、卓さんは思いきって口を開いた。

「え――話題に水をさすようで悪いが、この台本には、一言隻句《いちごんせっく》もあまさず曲が付いている。私にはオーケステリングの技術がないので、上演スコアではないが、ピアノ曲で完成している。おこがましいが「まえがき」でちょっと触れたように、ピアノ曲だけで百五十ページを越える長さになり、演奏は三時間半ほどかかる。また、第一章はドイツ語訳も付けた。ま、苦労もしたが、あれもこれも、白髪頭の自己満足かも知れないが……」

座は俄然盛り上がった。昨今評判の高い民話劇『夕鶴』のことを想い浮かべて、『神代ものがたり』も、いまにも上演の期待がもてそうな話題になった。

「そう簡単な事じゃない」

と卓さんは再び口をはさんだ。

「『夕鶴』が山田耕筰さんによってオペラ化が進んでいる話はきいている。民話の語りが舞台のせりふに翻訳されて、上々の評判には拍手をおくりたい。が、語りが音楽になって歌われることとは、すこし訳が違うんだ。音楽リズムが民話の台詞をどこまで表現できるかが問題なんだ。日本の歌謡曲は、言語アクセントと音楽アクセントの整合性がめちゃめちゃになっていても、聴衆が大満足なら作曲者も歌手もＯＫとする。が、オペラは音楽性を優先するので、アクセントが合わない時は「詞」を改める。たとえば「見ている」がどうしてもあわなければ「眺める」にかえてみる。多少ぎこちなくても、音楽の流れにのれば、オペラの情景は鮮明になるというわけです」

　卓さんは手許に譜面もないのに、音楽アクセントとか、台詞の選択とか、理屈っぽく語ったことを反省した。


　戦後教育の成長は学校劇にある、というような話がきっかけで、学校にもオペラ部が出来るんじゃないかという話に発展していった。実際に藤原義衛歌劇団が、学校向きの一幕ものオペラで巡回して、好評だということも披露された。こんなに発展的で活発な同人誌の合評会は珍しいことだった。

「この『神代ものがたり』、中学生むきだね。「ヤマタノオロチ」や「オオクニヌシ」の神話なら、面白さが理解できる年頃だ。オーケストラを聴く耳も十分だ。神話も囲炉裏端《いろりばた》から紙芝居へ、さらに唱歌へ――芝居へ、そしてオペラへ。文化は進歩する――」

　論客揃いというか、黙っちゃいられないとばかりに、話題に熱がこもる。卓さんものった。

「褒められたというか、励まされたというか、こんなに熱く話題になってうれしい。実は、内心どんな形でもいいから上演出来ないかと夢みている。――が、正直いってこの『神代ものがたり』の上演は皆無に近いだろう。ピアノ曲だけで三時間四〇分かかる。オーケストラによる前奏曲や、動機を加えれば、ゆうに四時間を超えてしまう。ワーグナーが十数時間にも及ぶ（数日間にわたる）自詞自曲の大作『ニーベルングの指環』上演のために、国王をパトロンにつけて、専用の劇場を造ったように――いや、これは夢のようなたとえだが、――じつはこの『神代ものがたり』は、ドイツの現況に学んで、学校オペラとして上演できるように、それぞれの幕に独立性をもたせてある。この工夫によって可能性あるかも……」

みんなは急に現実問題に戻って、藤原歌劇団あたりに売りこまなくちゃとか、大スポンサー探しが先決だとか、雑談が広がった。仲間内の合評会らしく酒も回った。

卓さんはウイスキーの水割りを口にしながら、仲間たちをみまわす。いい奴ばかりだ。頼もしい。二十一人で出発した『碑』も、いまは十三人になってしまった。御大の長崎健二郎も癌との闘いに敗れ、『碑』第一八号は彼の追悼号になってしまった。その号に御大に誓って書いた一文は忘れない。

「健二郎君の作品は宝石の指環ではなく、いぶし銀のネックレスだ。この在り方を保って『碑』に散った。せめて私も、自分なりのペンをもって『碑』に骨を埋めたい――」

卓さんは忍ばせてきた譜面のゲラ刷りに目をやる。

健二郎さん、出来栄えの良否は別として、自分なりの文人楽『神代ものがたり』を完結したよ。悪戦苦闘したが、今度という今度はピアノ曲まで完成した「文人楽」だ。今年の正月十八日、はげ頭の六十五歳の誕生日だったよ。あの霜の朝もウイスキーの水割りで君に報告し、独りで乾杯したのさ。

——不意に天から菊池寛の声がした。

「これは、同人誌に留めおくべき作品ではない」

とはっきり聞こえた。以前の『遣唐船』の時も『歌と門の盾』の時も、そして今日の『神代ものがたり』にも、おなじ声が降ってきた。

8、文人楽『神代ものがたり』の本懐

「カネにならない仕事は、どうしてこうも楽しいものかね」などと、夕食のテーブルで笑いながらいい、卓さんは明け方までヘッドホンを頭につけて、エレクトーンに向かっていた。五小節、一〇小節と紡いできた『神代ものがたり』の曲の編成作業である。この部分は難産だったな、などと思い出が浮かぶ。卓さんは出版社が二の足を踏む『神代ものがたり』の自費出版を決心していた。可愛い娘を嫁がせる確実な方法である。ワーグナーへの恩返しのために、第一幕にはドイツ語の翻訳を付けた。

そして最後に、表紙にしっかりと署名した。

Kamiyo-Monogatari, Erzählung aus dem Götterzeitalter

桜上水の桜も新緑に変わる頃、印刷社から完成本『神代ものがたり』が届いた。見開き大阪の譜面から、オタマジャクシが整然と弾んできた。卓さんは初孫を迎えたように頬ずりする。――このインクの匂いは間違いなく四十年もの志をつぎ込んだ初孫の匂いであった。

数日後、卓さんは一人で池上本門寺の門をくぐった。彼岸も過ぎて墓地は深閑としていた。延伯母の記念碑を訪れる。不思議にもこの一角だけが、幸田家の先祖たちの賑わう場所のようだった。

卓さんは『神代ものがたり』を開いて、奉賛歌の記念碑に重ねる。

「延伯母さん、有難う。どうにか仕上げましたよ」と合掌した。そして右ページにむかって、「おふくろさん、これでいいかな」と呼びかける。

風が渡る。卓さんはしばらく瞑想していた。伯母のピアノ、母のバイオリンがオーケストラとなって流れていく。

卓さんはその足で、西大久保の故三やんの家へ向かった。三やんが急逝してもう十五年になる。これからという男ざかりの五十二歳だった。

その日、昭和三十四年十一月十八日、豊田三郎は私淑していた徳田秋声の、祥月命日の墓参に出かけた。途中で花屋に寄り、供花を整えて店を出たとたん、よろめいた。二歩、三歩、そして蹲《うずくま》った。かけつけた救急車で芝の魚藍坂病院に運ばれたが、そのまま不帰の客となったのである。狭心症だった。

ご無沙汰をしていたが、浅香夫人はお元気だった。卓さんはそっと『神代ものがたり』を仏壇に供えた。

「出来たよ、三やん。三やんにはずーっと世話かけたが、いまさら言う言葉もないよ」と胸の奥で呟く。

夫人の入れてくださった茶が美味い。三やんとおまえ、きさま、と学生気分で飲みたいお茶だった。

秋も深まった一九七四年十一月六日、不意に卓さんは倒れた。脳血栓だった。自宅近くのかかりつけ医、永福病院へ入院した。次女のあき子さんが付きっきりで看病してくれ、本人も後遺症を克服しようと懸命にリハビリに励んだ。回復のきざしがみえて、みんながホッとした。が、病魔は執拗だった。重い患者特有の肺炎を併発し、暮れも迫った十二月二十八日、還らぬ人となった。享年六十七歳。これからが、実りを待つ年齢であった。

年も明けて正月十一日、東京大学の竜岡門に隣接する麟祥院で葬儀が行なわれた。

受付には絶筆となった「歌劇創作私見」の載った『碑』一一七号が揃えられ、会場には、

『神代ものがたり』のピアノ曲が流されていた。

まさに「文人楽」の本懐である。

あとがき

文人楽『神代ものがたり』のピアノ曲完成で、卓さんは長年の肩の荷を降ろした思いだったろうと推察する。それは生涯にわたって内面生活の柱としてきた、オペラ創作の成就《じょうじゅ》感というものだろう。この思いは『碑』二七号の巻頭を飾ることになるが、其の時の編集人稲葉真吾氏によれば、「十一月になって十二枚ほどの原稿を送ってくれた。急いだとみえて題名がなく、あとから速達で「歌劇創作私見」の題名を送ってきた」というのであった。

この速達の数日後の十一月六日に、卓さんは脳血栓で倒れた。『碑』は一二月二十日に出来あがり、速達で卓さんに送られた。だが、祈りも虚しく一週間後の二十八日に永眠されたのである。哀しいがこの作品が絶筆となった。几帳面な卓さんが、なぜ絶筆となった作品に「題名」を書き落としたのだろうか、疑問も推測も可能なエピソードである。

私も卓さんから頂いた手紙（現保存）に、忘れられない思い出がある。昭和四十七年の年末に、卓さんから珍しく茶封筒の手紙が届いた。開けたら中にいつもの白封筒が入っていた。その表書きに、「あて所に尋ねあたりません」と、赤インクでスタンプされてある。見ると宛名の番地「四〇五」が「四〇」になっていた。つまりこの手紙は「五」が無かったために、暮れの忙しい中、東京・横浜間を二往復したのだった。

内容は、先に送った私の論考にたいしてのお礼であり「――どうかごぞんぶんに裁断のほどを」と、若輩に対して実に丁寧であった。さらに「できれば歌劇をもう一作、作詞作曲したいと思います。私個人としては、これが内的生活の大きな支えになっている」とあった。優しい文面から巨厳のような人柄が伺えた。「陋宅《ろうたく》へもおたちよりください」と追記があったにもかかわらず、巨厳に畏敬して、ついにお目にかかることはなかった。残念の極みである。頂いた署名本『神代ものがたり』のピアノ総譜本は、私のお宝である。

さて、本書執筆の枠づくりは『碑』二八号・「高木卓追悼号」の詳細な年譜によっている。これは、長男嵩《たかし》氏の手になる貴重な文献である。さらに、本書の上梓についても、嵩氏から快くご承諾いただいた事に感謝申し上げます。

なお、本書の執筆過程において、評伝とも物語ともつかぬ構成と作法を、読者の立場にたってアドバイスを頂き、本書にまとめて下さった栄光出版社社長の石澤三郎氏および編集部のかたがたに、この場を借りて、心よりお礼申し上げます。

二〇一八年九月九日

竹内勝巳

著者略歴

竹内　勝巳（たけうち　かつみ）

1929年、長野県中野市生まれ。國學院大學文学部卒業。横浜ペンクラブ会員、本のオビ研究会主宰。元・横浜市公立中学校校長。主な著書に『ストリートファニチュア・らしきよこはまに』（1990年）、『ランドマークの旅・かながわ』（かなしん出版、1999年）。また、1991〜2000年にかけて産経新聞に「ランドマークの旅」を連載。『オビから読むブックガイド』（勉識出版、2016年）

卓さんの文人楽―芥川賞を蹴った男―

平成三十年九月二十日　第一刷発行

著者　竹《たけ》内《うち》勝《かつ》巳《み》

発行者　石澤三郎

発行所　株式会社　栄光出版社

〒140-0002 東京都品川区東品川1の37の5

電話　03(3471)1235

FAX　03(3471)1237

印刷・製本　モリモト印刷㈱

検印省略

ISBN 978-4-7541-0167-1